An alle Menschen, die ich liebe:
Dieses Buch ist für euch!

Liebe Leute, die mal gemein zu mir waren:
Danke für eure Inspiration!
Na? Findet ihr euch hier wieder?

Schreiben. Weil echter Mord ja keine Lösung ist.

IMPRESSUM

Bibliografische Information der Deutschen Nationalbibliothek: Die Deutsche Nationalbibliothek verzeichnet diese Publikation in der Deutschen Nationalbibliografie; de-
taillierte bibliografische Daten sind im Internet über dnb.dnb.de abrufbar.
© 2022 Rebekka Görtler
Herstellung: BoD – Books on Demand, Norderstedt
ISBN: 9783756850839

Rebekka Görtler

CRIME TO GO

Rebekka Görtler

CRIME TO GO

INHALTSVERZEICHNIS

Agathas Attentat

Ob Liebe, Lust, Schmerz oder Trennung. Wut, Freundschaft, Verzweiflung und Mord. Diese heiligen Hallen haben schon alles gesehen.

Der Duft der Bücher steigt mir in die Nase, als ich die Tür aufdrücke. Die Sonne scheint durch die großen, bunten Fenster und zaubert ein wunderschönes Farbspiel auf dem Parkettboden.

„Hier." Mrs Armstrong drückt mir schon die erste Arbeit in die Hand. „Heute Morgen war wieder die Hölle los."

Ja, so ist das am Montag nach dem Wochenende. Die Leser hatten genügend Zeit, um bei Tee und Keksen ihre Bücher zu verschlingen und die wandern jetzt natürlich zurück in die Bibliothek.

The Spanish Love Deception von Elena Armas, *It Starts with Us* von Colleen Hover, *The Love Hypothesis* von Ali Hazelwood. Liebe, Liebe, Liebe. Die Leute lesen gern, was sie nicht haben.

Oh, ein Sachbuch. *Growth and Phosphorus Nutrition of Corn*. Wie interessant.

Der Wagen ist schrecklich schwer. Da braucht es auch kein Armworkout im Fitnessstudio mehr. Ich stemme Bücher statt Gewichte.

Wir führen die größte Bibliothek der ganzen Stadt.

Als ich noch ein Kind war, ist mein Vater oft mit mir hier gewesen. Er ist Professor an einem College und während er sich bei den Fachbüchern aufhielt, stöberte ich in der Romanabteilung.

Anfangs *Harry Potter* oder *Percy Jackson*, dann irgendwann echte historische Klassiker wie *Emma* von Jane Austen. Die meisten kennen ja nur die BBC-Verfilmung mit Gwyneth Paltrow, aber Janes wahre Worte zu lesen, einzutauchen und sich selbst auszumalen, wie bezaubernd und süß Mr Knightly wirklich ist, ist doch eine völlig andere Dimension.

Vielleicht habe ich deshalb ein Studium in englischer Literatur begonnen und vielleicht jobbe ich deshalb auch nebenbei in der Bücherei.

Bücher sind die besseren Menschen.

Ich schiebe mich durch eine Gruppe Touristen, die mit ihren Handykameras die prachtvolle Decke fotografiert. Das ist leider viel zu oft die Realität. Schmökern statt Selfies, Bloggerlust statt Bücherliebe.

Mein Sortieren beginnt mit einem brutalen Mord.

Aalglatt und sauber. Erstochen.

Mord im Orient-Express von Agatha Christie. Ein toller Kriminalroman.

Ich nehme das Buch in die Hand. Es ist eine der älteren Ausgaben. Der Einband ist abgegriffen, die Seiten wurden unzählige Male gelesen und sind an den Ecken verknickt. Heimlich stecke ich meine Nase hinein. Es riecht einfach himmlisch.

Oh, was ist das denn?

Ich bin im Manuskript weit am Ende angelangt, die spannendste Stelle, dort, wo der geniale Detektiv Hercule

Poirot gerade die Lösung des Falls präsentiert. Immer wieder sind einige Zeilen und einzelne Wörter mit gelben Textmarker markiert.

Messer. Erstochen.

Da interessiert sich wohl jemand sehr für Mordmethoden, wie mir scheint.

Eigentlich darf man ja nicht in den Büchern herumkritzeln. Nach den Klausurenphasen an der Uni ist es immer besonders schlimm. Da sind die Texte in der Fachliteratur nur noch knallpink, grellblau und neongrün und unzählige Post-It-Notes flattern zwischen den Buchdeckeln hervor.

Ich räume diese Agatha an ihren Platz zwischen den anderen Werken.

Dabei entdecke ich einen jungen Mann, der an einem unserer Lesetische sitzt. Seine Augen wandern die Zeilen entlang. Tatsächlich. Er liest! Vor ihm stapeln sich fünf weitere Werke. Ich erkenne von hier aus, dass es nur Krimis sind.

Hm, hat er womöglich die Seiten im Orient-Express markiert?

Ich bin den ganzen Tag beschäftigt. Kaum ist der eine Wagen geleert, kann ich schon beim nächsten wieder von vorne anfangen. Ich werde nach Gartenpflege zu Gott gehetzt. Man jagt mich aus der Low-Fat-Küche bis ins alte Rom und dann wieder zurück zu Nick und Charlie in die Schule.

Der eifrige Leser bleibt auch den ganzen Tag. Ab und zu muss er wohl mal aufgestanden sein, denn der Stapel schrumpft mit jeder Stunde. Löblich, dass er sich selbst ums Einräumen kümmert.

Irgendwann ist es Zeit, zu schließen. Ich wandere ein letztes Mal durch alle Gänge, um die übereifrigen Influencer zu verscheuchen und den Büchern mit gutem Gewissen eine gute Nacht wünschen zu können.

Ein Stuhl ist noch besetzt.

So eine Leseratte!, freue ich mich still, sage aber: „Entschuldigen Sie, Sir, wir schließen gleich."

Keine Reaktion. Ich komme näher. Nur noch wenige Seiten fehlen ihm, bis er ausgelesen hat, doch sein Kopf hängt schwer nach vorne. Putzig, er ist wohl eingeschlafen.

„Sir?" Ich rüttle sanft an seiner Schulter. „S…?"

Der Mann gleitet von seinem Sitz zu Boden und landet auf dem Rücken.

Ein Messer steckt in seiner Brust.

Aalglatt und sauber. Erstochen. Wie bei…

Ich beuge mich vor. Ein kleiner Zettel hängt an der Mordwaffe.

Ich töte Killer

Ruhe in Frieden Arschloch

Na, hör mal! Empört die Hände in die Hüften. Da haben wir also den üblen Schuft, der auf den Seiten herumgekritzelt hat. *Ich töte Killer*, das ist ein Zitat aus dem Orient-Express.

Aber noch bedauernswerter finde ich glatt den zweiten Satz.

Die wahre Agatha hätte das Komma nämlich bestimmt nicht vergessen!

Impfgift

Ich mache mich schwer wie ein Kartoffelsack, sodass sie mich hinter sich her schleifen muss.

„Jetzt komm schon", sagt Mum. „Wenn du keine Zickereien machst, dann kaufe ich dir nachher auch die Dinosaurierfigur."

Schmerz gegen Spielzeug?

„Ist das nicht Bestechung?", überlege ich laut.

Mum verzieht ertappt das Gesicht. „Nein, nein", antwortet sie schnell. „Sowas nennt sich Motivation."

„Alles klar, gehen Sie doch bitte nochmal kurz ins Wartezimmer, ja? Doktor Knight ist gleich bei Ihnen."

Von mir aus kann sie sich ewig Zeit lassen.

Der Wartebereich ist leer. Zeitschriften auf dem Tisch, Kuscheltiere im Regal, Lego in einer Kiste und eine Topfpflanze in der Ecke. All diese Dinge versuchen vergeblich zu übertünchen, an welchem schrecklichen Ort wir eigentlich sind. Mum blättert durch die Apothekenumschau, während ich nervös auf meinem Stuhl hin und her rutsche. Hier zu warten, ist wie die Vorstufe zur Hölle.

An den Wänden hängen große Plakate mit Prints von blutigen Wunden, gebrochenen Beinen und wenig motivierenden Sprüchen wie: *Wer die Gesundheit nicht ehrt, ist die Behandlung nicht wert!* oder *Wie lange soll Ihr Körper noch verwesen? Prävention und Diagnostik! Jetzt!*

Meine Finger zittern.

„Beruhig dich, Archie", sagt Mummy sanft. „Es ist alles in Ord…"

Die Tür wird aufgerissen und die Arzthelferin kommt hinein. „Sie können dann mitkommen."

Mit Übelkeit im Magen stehe ich auf und folge ihr.

Die böse Hexe sitzt schon an ihrem Schreibtisch. Doktor Knight. „Ah, Archie", sagt sie. „Komm rein."

Zögernd gehe ich einen Schritt auf sie zu.

„Das ist ja heute nur ein Kontrolltermin oder hast du sonst noch irgendwelche Beschwerden?"

In meinem Hals hat sich ein riesiger Knoten gebildet, ich kann vor Anspannung kaum sprechen und schüttle deshalb nur stumm den Kopf.

„Gut, dann lass uns anfangen."

Ich werde gemessen und gewogen. Dann muss ich mein T-Shirt ausziehen und Doktor Knight hört mit einem eiskalten Stethoskop meinen Herzschlag ab. Es pocht so laut, dass sie davon bestimmt einen dauerhaften Hörschaden bekommt. Sie testet meine Reflexe, leuchtet Ohr und Rachen aus und ich muss auf einem Bein stehen und Buchstaben von einer Tafel ablesen. Kinderkram.

„Sehr schön." Doktor Knight hakt nach und nach ihre Checkliste ab. „Du bist kerngesund."

Ich strahle und meine Furcht verpufft mit einem Mal. Dann kann ich doch jetzt gehen, oder?

„Oh je, was haben wir denn da?"

Die Angst ist mit einem Schlag zurück. Das klingt gar nicht gut. Doktor Knight sieht auf ihren Zettel und runzelt die Stirn.

„Was ist?", fragt auch Mum besorgt.

„Die letzte Impfung zur allgemeinen Immunisierung liegt ja schon Jahre zurück", erklärt Doktor Knight. „Aber keine Sorge, wir erledigen das gleich."

Mir bricht der kalte Schweiß aus.

Spritze?! Auf gar keinen Fall!

„Bitte nicht", flehe ich leise, doch die Ärztin kennt keine Gnade.

„Nichts da", fährt sie mich harsch an. „Ärmel hoch!"

Das Ding in ihrer Hand ist riesig, furchteinflößend und verflucht spitz.

„Bitte…"

„Nein, Archie, nein. Du weißt das doch: Gesunder Körper, gesundes Leben. Ganz einfach!" Sie hat gerade das Motto ihrer eigenen Praxis zitiert.

Ich halte meine Hand schützend über meinen Oberarm.

„Es ist doch nur ein kleiner Stich."

Ich schüttle den Kopf.

„Jetzt sei doch nicht so stur!" Doktor Knights Hand schnellt nach vorne.

Das kann ich nicht zulassen!

Ich brülle wie ein T-Rex.

Erschrocken von meiner unerwarteten Reaktion, weicht die Ärztin einen Schritt zurück. Dabei vergisst sie, dass hinter ihr der kleine Drehstuhl steht, auf dem sie vorhin noch gesessen hat. Doktor Knight kommt ins Straucheln, fällt rücklings über und bleibt dann regungslos liegen.

„Um Gottes Willen!" Mum springt auf und beugt sich über die Ärztin. „Tot", murmelt sie leise.

„Was?"

„Sie ist tot", wiederholt Mum deutlich lauter und schnellt herum. „Los, los, los!" Sie hebt mich von der

Liege und zerrt mich aus dem Behandlungsraum und weiter aus der Praxis. Ich folge liebend gerne.

Bloß eine Frage brennt mir noch auf der Zunge: Bekomme ich den Dinosaurier denn nun trotzdem?

Blutsverwandt

Ferien bei Oma Bridget.

Was kann es Besseres geben? Gute Gespräche, Filme gucken, bis die Augen eckig werden, leckeres Essen, Radtouren und einfach Erholung pur.

Wer braucht denn schon Dubai, wenn es doch auch Northampton gibt?

Wir sitzen in der Küche auf Barhockern an der Theke. Im Airfryer neben uns schmort das Gemüse und das Topping, Pinienkerne, röstet auf dem Herd langsam vor sich hin.

Grandma blättert durch die Zeitung. Lokalnachrichten? Sport? Politik? Nö. Todesanzeigen.

„Da kannst du dir gleich mal Inspiration für deinen neuen Kriminalroman holen", sagt sie. „Mord und Totschlag, soweit das Auge reicht."

Ich schüttle heftig mit dem Kopf und verziehe das Gesicht. „Na, das will ich aber nicht hoffen."

„Doch, doch, doch." Omas Finger wandert Zeile für Zeile nach unten. „Da: Edith Jenkins", liest sie vor. „Ach, einfach unfehlbar. Da gehe ich später noch schnell einkaufen und lade Wilbert zum Abendessen ein. Mal sehen, was wird."

Ich verstehe nur Bahnhof.

Edith? Wilbert?

„Was redest du denn da?"

„Hier: Bla, bla. Unerwartet verstorben", brabbelt Oma Bridget. „Genau. Vergiftet."

Jetzt ist meine Neugier geweckt. Wie vorhin richtig angemerkt, schreibe ich in meiner Freizeit Krimis.

Ich beuge mich vor, aber: „Das steht da doch gar nicht, Grandma. Das hast du dir nur ausgedacht."

Meine junge Großmutter ist eine unverbesserliche Geschichtenerzählerin. Früher waren es mal Erzählungen über Schildkröten und Fabelwesen und heute eben über ermordete Bevölkerung.

„Das ist kein Märchen", beharrt sie dennoch empört. „Das weiß ich nämlich aus erster Hand." In Omas Gesicht stehen tausend Geheimnisse. „Du erinnerst dich doch noch an die Cakepops, die ich gebacken habe, oder? Zitrone und Schokolade."

Natürlich.

Sie hat mir ausdrücklich verboten, davon zu naschen, weil diese nur für *nette Bekannte aus dem Dorf* bestimmt waren. Grummelnd habe ich die süßen Teilchen zurückgelegt und noch verärgerter habe ich sie diesen netten Bekannten mit dem Rad vorbeigefahren.

„Hart Road 22, ja?"

Ich nicke. „Ein Backsteinhaus mit weißen Fenstern, grüner Tür und…"

„Das Haus der Jenkins'."

Ich starre Grandma entgeistert an, während sie eine knusprige Pinie aus der Pfanne stibitzt und sich in den Mund wirft.

„Ich wusste, dass Edith niemals die Schoko-Pops anrühren würde. *Zu viel Zucker.*" Sie macht ironische Gänsefüßchen in die Luft. „Also habe ich in den Zitronenteig einfach alles hineingemischt, was der legale Gifthandel so hergegeben hat."

Sie lächelt und futtert noch einen Kern.

Deshalb durfte ich also nicht probieren. Das Gebäck war vergiftet!

Mir wird ganz schlecht vor Schreck.

Meine Großmutter hat einen Menschen ermordet! Und als Botin bin ich auch noch Mittäterin!

Ich bin völlig durcheinander.

„Wieso?", krächze ich.

Grandma Bridget zuckt mit den Achseln. „Wieso, weshalb, warum. Wen interessiert das schon?"

Mich!, will ich schreien, aber meine Kehle ist furztrocken.

„Weißt du, Edith und Wilbert, das hat doch noch nie zusammengepasst. Er, der gutaussehende Ex-Polizist und sie, die olle Schabracke." Oma schiebt mir nochmal die Zeitung rüber. „Sieh dir nur mal das Bild an." Graue Haare, Dauerwelle, eine Brille mit doppelten Gläsern, die ihre Augen riesig, überdimensional und glubschig wirken lassen. „Nicht gerade ein Sahneschnittchen, oder?"

Kein Kommentar von mir. Ich will nicht über Leichen lästern.

„Ich klingle gleich mal durch und lade Wilbert für heute Abend ein. Du hast doch nichts dagegen, oder?" Sie greift zum Handy. „Soviel ich weiß, hat er einen Enkel in deinem Alter. Vielleicht ist der ja was für dich, du bist doch schließlich gerade Single."

Ich bin fassungslos.

„Und sollte der Typ doch schon eine nervige Freundin haben…", Oma sieht vom Display hoch. „Du weißt ja, was zu tun ist. Cupcakes backen. Du hast es im Blut."

Ampeln, blutrot

Schon wieder hat er das Blinken vergessen. Und nebenbei eine rote Ampel überfahren. Wir rauschen mit sportlichen 57 km/h über den Asphalt. In einer 30er-Zone.

„Ähm", hüstle ich zaghaft. „Guck mal auf den Tacho."

Doch selbst auf meinen Hinweis hin: „Wer bremst, verliert."

Tolle Antwort.

Na schön, dann steige ich eben in die Eisen und interveniere. Wie gut, dass ich als Fahrlehrerin auch eigene Pedale besitze.

Wir kommen mit quietschenden Reifen zum Stehen.

Puh, durchatmen. Bestimmt hat das Auto einen langen, schwarzen Bremsabdruck auf der Straße hinterlassen.

Doch schon nach kurzer Zeit findet sein Fuß wieder das Gas und das ganze Spiel beginnt von vorne…

Ich kann mich nicht daran erinnern, jemals einen so nervigen Fahrschüler in meinem Wagen gehabt zu haben. Clay. Unbelehrbar, uneinsichtig und das Schlimmste: Absolut unfähig.

Klar, dass in der ersten Fahrstunde noch alles schief geht. Ein abgewürgter Motor. „Wo ist rechts, wo ist links?", eine Vollbremsung und ein Kratzer im Lack. Aber das passiert am Anfang.

In all den Jahren habe ich niemals um mein Leben gebangt. Clay hat das geändert.

Bravo.

Sein Fahrstil ist goldrichtig für eine Achterbahn auf dem Jahrmarkt, gehört jedoch unter gar keinen Umständen in den normalen Straßenverkehr!

Stopp-Schilder sind für ihn reine Dekoration, Fußgänger nur lästige Hindernisse und Kurven schneidet er schärfer als die Wilde Maus auf dem Volksfest. Leute gucken zurecht verdutzt, wenn sie von einem Fahrschulauto mit Lichtgeschwindigkeit überholt werden. Aber was soll ich denn tun? Ich kauere ja selbst im Sitz und bete leise zu einem Gott. Erhört wurden meine Bitten bis jetzt nicht.

Eine Situation, die neulich erst passiert ist: Wir sind mit sechsfachem Schritttempo durch die Fußgängerzone geflitzt, da legte Clay eine Vollbremsung hin.

Mir ist glatt der Tee übergeschwappt. Sorte Lavendel. Hilft angeblich bei Nervosität und Angstzuständen und soll beruhigend wirken. Den trinke ich jetzt immer bei den Fahrten mit Clay.

Der Grund für unseren abrupten Stopp war eine alte Dame, die mit Rollator und Einkaufstüten langsam die Straße überquerte. Doch anstatt anständig zu warten, was tat mein Schüler da? Er stieg aus und schubste die Rentnerin vom Zebrastreifen.

Unfassbar!

Neunzig Minuten, drei Schweißausbrüche und sieben Panikattacken später, ist Clays Fahrstunde vorbei. Ich will aussteigen, mich auf den Boden werfen und die Erde küssen.

Gott sei Dank! Ich lebe noch!

„Nächste Woche wird gerockt!", ruft Clay und reckt die Faust in die Luft.

Der Schreck überkommt mich schlagartig.

Richtig, ich vergaß. Voller Entsetzen musste ich feststellen, dass sich der halbstarke Spinner eigenständig am nächsten Mittwoch für die Führerscheinprüfung angemeldet hat.

„Bis dann!"

Er steigt aus.

Das darf doch nicht sein, oder?

Ich könnte wetten, dass er die Prüfung bestehen wird, und zwar nur, weil der Prüfer um nichts im Leben ein zweites Mal mit Clay durch die Gegend heizen will. Man wird ihn einfach auf die Straßen dieser Welt loslassen.

Außenspiegel, Innenspiegel, Schulterblick.

Mir kommt eine Idee. Clay ist noch in der Nähe und starrt dabei auf sein Smartphone. Es kommt kein anderes Auto, kein Gassigeher oder sonst wer.

Ich starte den Motor. Langsam rolle ich aus der Parklücke. Dann trete ich aufs Gas.

Der Wagen macht einen gewaltigen Satz nach vorne, es macht *Knack!* und die Straße ist auf einmal leer. Kein Clay ist mehr zu sehen.

Ja, ich habe das Richtige getan, denke ich später, als ich die Blutsspritzer von der Karosserie schrubbe. *Ich habe vielen Leuten im Vorfeld einen Autounfall erspart.*

Die Welt ist jetzt wieder sicher.

Einer für alle, alle für einen!

Diebe in der Nacht

Es ist still im Haus. Totenstill. Mein Vater ist für einige Tage verreist. Ich bin ganz alleine und passe auf unser Zuhause auf. Haussitting sozusagen.

Zu oft habe ich gedacht: Nur noch eine, nur noch eine. Aber nach zwei Stunden Netflix lege auch ich mich endlich schlafen.

Einzuschlafen war für mich schon immer eine Herausforderung. Sobald ich meine Augen schließe, werde ich wieder so wach wie ein Flummi auf Koffein. Ich beginne dann zu grübeln oder über mein Leben und vergangene Situation zu philosophieren.

Aber heute nicht. Das nehme ich mir jeden Abend vor.

Ich kuschle mich in meine Kissen. Die Dunkelheit umhüllt mich wie eine warme Decke.

Meine Gedanken ziehen vorbei wie Wolken, wiederhole ich das Mantra aus dem Entspannungskurs. *Alles ist so gleichgültig.*

Außer der Stimme in meinem Kopf und meinem Atem im Außen ist nichts zu hören. Es sind die perfekten Bedingungen, um jetzt in einen erholsamen Schlaf zu fallen.

Ein Knirschen. Dann auf einmal ein Rascheln. Mein Herz setzt einen Schlag aus.

Nein, das ist nichts. Bestimmt nur der Wind, der draußen durch die Bäume fegt.

Meine Gedanken…

Es raschelt noch einmal.

Ich ziehe mir die Decke über den Kopf.

Nur der Wind, ein Busch, ein Baum, ein Auto vielleicht, beruhige ich mich, aber es klingt mehr nach einer Frage als nach einer Aussage.

Dann reiße ich meine Augen auf. Hellwach sitze ich aufrecht und gerade im Bett. An Schlaf ist nicht mehr zu denken.

Tap, tap, tap! Das, das waren doch gerade Schritte, oder? Einbildung? Nein, verdammt, das sind wirklich Schuhe. Was soll ich tun?

Auf jeden Fall besteht Handlungsbedarf. Mein Kopf spielt schon die verrücktesten Szenarien ab: Attentäter, Einbruch, Vergewaltigung. Im Bett herumzusitzen, während unten ein Killer am Werk ist, ist keine gute Idee.

Ich stehe auf, um nach einer Waffe zu suchen. Etwas Schweres wäre gut…

Natürlich, der Baseballschläger, den mir Papa mal von einer Geschäftsreise aus Amerika mitgebracht hat. Das ist es! Aus massivem Holz ist der nämlich. Perfekt.

Im Flur im Erdgeschoss ist es stockfinster. Von dort kommt das Fußgetrampel. Der Attentäter Schrägstrich Perverse Schrägstrich Dieb hat kein Licht angemacht. Kriminelle Handlungen vollzieht man ja lieber im Dunkeln.

Leise wie eine Katze schleiche ich die Treppenstufen hinab. Ich sehe nur einen Schatten. Er kehrt mir den Rücken zu.

Mit einem Schrei stürze ich mich auf den Einbrecher und prügle mit dem Sportgerät auf ihn ein. Immer und immer wieder, bis sich nichts mehr rührt und er k.o. gegangen ist. Ich knipse ich die Lampe an, in der Erwartung, gleich in das Gesicht des schlimmsten Menschen auf diesem Erdball zu blicken.

Ich erschrecke mich fast zu Tode.

„Papa!", schreie ich.

Aber es ist vorbei. Seine unerwartete Ankunft hat ihn das Leben gekostet.

Aus dem Leben exmatrikuliert

Ich war achtzehn Jahre jung, als ich meiner Mörderin das erste Mal begegnete. Hannah. Auf einer Party im Studentenwohnheim. Braune Haare, tolle Augen und eine Pulle Pils in der Hand. Sie war nett, leicht angetrunken, aber noch nicht peinlich, sondern offen und herzlich. Auch im ersten Semester, auch im selben Studiengang und auch noch völlig planlos.

Der Abend endete sehr spät.

Ab diesem Tag waren wir beste Freundinnen. Wir aßen gemeinsam in der Mensa, sie setzte sich zu mir in den Vorlesungen und schrieb mir kleine Zettelchen in der totenstillen Bibliothek.

Ich stürzte mich so sehr in mein Studium, dass ich die Zeichen nicht bemerkte.

Bis zu diesem Tag…

Wochen später klopft es an meiner Tür. Ich drehe mich in der Küche um und öffne. Mein Studenten-Apartment ist kleiner als ein Schrank unter der Treppe. Alles ist binnen eines einzigen Schrittes zu erreichen.

„Danke für die Einladung." Hannah kommt rein und lässt sich aufs Bett fallen. „Ich kann ein bisschen Aufmunterung jetzt wirklich gut gebrauchen."

Endlich ist der Klausurenhorror vorbei! Zwischen Prüfungen und Referaten hatte ich doch kaum noch Zeit für andere Dinge als für Bücher und Hausarbeiten. Aber jetzt ist mein Kopf und Terminkalender wieder frei für Hobbies und Hannah. Ich muss dringend mal wieder joggen gehen, wenn ich nicht auf die Kondition eines herzkranken Nilpferds zurückfallen will.

Das mache ich dann morgen. Vielleicht.

Ich habe Hannah zu einem kuscheligen Mädelsabend in meiner Bude eingeladen. Sie ist so richtig ehrgeizig, will unbedingt die 1.0 auf der Klausur und war deshalb am Boden zerstört, dass sie unsere letzte Arbeit in Anatomie doch tatsächlich nicht bestanden hat.

Also gibt es heute Abend das typische Studi-Futter schlechthin: Pasta. Ein ausgemachtes Soulfood. Dafür reichen sogar meine zwei altersschwachen Herdplatten aus.

„So viele Bücher. Pass nur auf, dass du die Leihfrist nicht verpasst", sagt Hannah und deutet auf den turmhohen Lektürestapel neben meinem Schreibtisch. „Diese doofe Bibliothek! Darum habe ich Anatomie verhauen. Es gab einfach keine Lektüre mehr."

Man will es ja kaum glauben, aber in der Uni-Bib sind Bücher tatsächlich Mangelware. Dauerhaft ausgeliehen oder gar überhaupt nicht verfügbar.

Hannah setzt sich auf und beugt sich vor. Mit dem Finger fährt sie die Einbände entlang. „He!" Sie funkelt mich böse an, dabei gieße ich doch nur die Spaghetti ab. „Anatomie, Anatomie… Hast du etwa alle Anatomie-Bücher ausgeliehen?"

Es stimmt, ich habe meine Chance genutzt und das Regal geleert. Und ja, zugegeben, auch nach dem Lesen habe ich sie behalten. Lieber Gebühren, statt Wissenslücken.

„Schau mal, das liegt da ja zweimal. Ist das dein Ernst?!" Hannah hält beide Ausgaben von *Das große*

Lehrbuch der menschlichen Anatomie, Band 1 nach oben. „Mit nur einer Seite aus diesem Buch wäre ich nicht durchgerasselt!" Hannahs Augen sind auf einmal nicht mehr schön, sondern vielmehr unheimlich. Sie flackern hin und her.

„Habe ich etwa wegen dir die Arbeit nicht bestanden?"

„Um Gottes Willen, ich…"

Und dann passiert etwas, womit ich im Leben nicht gerechnet hätte.

Hannah stürzt sich auf mich.

Ich gehe zu Boden, Tomatensoße spritzt an die Wand.

Wie Blut, erschrecke ich, während ich versuche, meine wahnsinnige Freundin von mir zu stoßen. Aber Hannah ist nicht nur sehr viel ehrgeiziger, sondern auch stärker als ich.

„Hilfe!", schreie ich verzweifelt.

Die Wände im Wohnheim sind doch sonst so tondurchlässig, jedes Staubsaugen, jedes Gespräch höre ich aus den Nebenzimmern, wieso kommt denn jetzt niemand?

Auf einmal legt Hannah ihre Hände um meine Kehle. Sie ist teuflisch und verrückt.

„Na, wo ist die Luftröhre?", fragt sie hämisch. „Wenn du wirklich so viel gebüffelt hast, müsstest du das doch wissen."

Dann drückt sie zu.

Ich versuche mich zu wehren. Erfolglos. Die Küche verschwindet aus meiner Sicht.

Sie werden mich bestimmt exmatrikulieren, denn ich glaube, zur nächsten Prüfung werde ich nicht antreten können.

Eigentlich zu keiner einzigen Prüfung jemals mehr.

Dönerdrama

„Mit alles." Bei diesem Satz wird wohl jedem Grammatikfanatiker übel.

Ich nicke verstehend und schaufle Fleisch, Salat, Kraut, Kohl, Zwiebeln, Tomaten und Gurke ins Brot. Dann die Soße und „Scharf?"

Ein Kopfschütteln.

„Das macht 5.50."

„Wird ja immer teurer."

Ich verkneife mir einen Kommentar. Gegen die Inflation kann ich auch nur herzlich wenig tun. Ich schiebe ja schon Doppelschichten, um noch irgendwie halbwegs über die Runden zu kommen und trotzdem weiß ich nicht, ob ich nächsten Sommer in den Urlaub fliegen kann.

Kebab, Dürüm, Lahmacun und Baklava. Im Imbiss Istanbul gibt es alles. Immer frisch und immer lecker.

Rund um die Uhr. Vierundzwanzig Stunden am Tag, sieben Tage die Woche, dreihundertfünfundsechzig Tage im Jahr. Und das ist auch gut so, denn selbst an Weihnachten gibt es reichlich Kunden.

Frühs um drei schlagen die ersten Heimkommer auf, die nach dem Bier noch einen Snack brauchen. Sehr oft wird dann aber just nach dem ersten Bissen in den nächsten Mülleimer an der Ecke gereihert. *Kotz-Kübel* nennen wir den mittlerweile.

Gegen Mittag kommen Schüler und Arbeitende mit Loch im Magen. Besonders dann muss es schnell gehen, weil die Pause begrenzt, aber die Schlange lang ist. Zum Glück sind die meisten Jugendlichen alle gleich: Nur Brot, Salat, Tomate, Gurke und viel Fleisch. Nicht scharf. Soße meistens *Die Rote*. Es ist schon eine seltene Ausnahme, wenn ein Sechzehnjähriger tatsächlich mal nach einem Kebab mit Falafel und Hummus verlangt.

Abends reihen sich die übellaunigen Mütter ein, die mit quengelnden Kindern einfach keine Lust aufs Kochen haben. Sie nehmen den Vegetarischen mit Käse und Grillgemüse, um sich in der Illusion wiegen zu können, dass das mit Sicherheit die Gesündeste der ungesunden Alternativen wäre. Sollen sie nur.

Ist der letzte Kinderwagen verschwunden und die Nacht angebrochen, so fängt der Kreislauf wieder von vorne an. Immer und immer wieder.

Dieser Kunde hier vor mir fällt in die Kategorie Zeitverschwendung. Er steht da und kramt in seinem Geldbeutel, dabei hatte er doch vorher schon ewig Zeit zum Vorbereiten.

„Vierzig, fünfundvierzig, sechsundvierzig", murmelt er beim Münzenzählen.

Hinter ihm reicht die Menschenschlange schon bis zur Straße. Durstig nach Ayran und hungrig nach Fleisch im Fladen funkeln sie ihn böse an. Logisch, es ist die berühmt-berüchtigte Mittagszeit.

„Wie viel war's nochmal?"

Ich wiederhole den Preis und das Kruschteln geht weiter, dabei ist das Portemonnaie so winzig, dass er eigentlich auf einen Blick den gesamten Inhalt überblicken könnte.

Der Döner in meiner Hand wird immer schwerer. Die Joghurtsoße tropft durch die Hähnchen-, Salat- und Gemüseschichten und durchtränkt das ganze Brot.

„Hm, das ist jetzt bisschen blöd."

Ich ahne, was er sagen wird, und ziehe gleich mal vorsorglich die Brauen zusammen.

„Mir fehlen da noch zwei Pence. Das geht doch klar, oder?"

Er will schon nach dem Döner grapschen, aber ich schüttle den Kopf. „Sorry, das geht leider gar nicht klar. Ich kann dir den nicht geben."

„Im Ernst? Es sind doch nur zwei Pence." Er langt in seine Hosentasche. „Ich geb' dir noch den Kaugummi da."

„Nee, echt nicht."

Winseln und Wimmern helfen ihm nicht weiter. Ich will keinen Kaugummi, ich will mein Geld. „Nein!"

Ich zeige weibliches Empowerment und weise ihn zurück. Er geht, mich aufs Übelste beschimpfend, tatsächlich weg.

Weiter machen, keine Zeit verlieren, die anderen Leute warten. „So, was darf's sein?"

Ich werfe meine nach Falafelfett stinkenden Arbeitsklamotten in den Wäschesack, verabschiede mich und trete hinaus in die kühle Nacht. Hier hinten auf dem Parkplatz ist es ruhig. Keine Kunden, keine Kebabs, kein Gedränge.

Ich atme tief ein, aus, ein und aus… Und spüre plötzlich einen weiteren Atemzug ganz nah an meinem Ohr.

„Zwei Pence", flüstert eine knurrende Stimme noch, dann sticht er zu. Wie der Spieß im Dönerfleisch steckt das Messer tief in mir.

Es tut höllisch weh.

„Zwei verdammte Pence, hörst du?"

Ach, hätte ich doch lieber nachgegeben, aber dafür ist es nun zu spät…

Brandheiß

Lustlos stochere ich in dem kaum noch lauwarmen Tikka Masala aus der Mikrowelle herum. Die Soße hat den Reis völlig durchtränkt und alles ist nur noch eine klebrige, orangefarbene Pampe mit ein bisschen Koriander und zähem Hühnerfleisch. Ein ausgemachtes Spätschichtessen eben.

Mein bescheuerter Chef Mr Chapman hat mich schon wieder dazu verdonnert. Seit einem klitzekleinen Streit von vor ein paar Jahren hat er mich auf dem Kieker. Ich weiß heute nicht einmal mehr, worum es damals überhaupt ging. Mr Chapman aber ganz offensichtlich schon, denn er lässt keine Gelegenheit aus, mich seine Verachtung spüren zu lassen.

Schade, das macht es nur noch schlimmer, denn eigentlich wollte ich ja nie zur Feuerwehr. Als kleines Kind wollte ich Tierarzt werden, aber mein Vater sagte damals: „Unfug, du machst was Richtiges." Er hatte mich längst bei seinen ehemaligen Kollegen auf der Wache beworben und duldete demnach kein Nein. Er ist bis heute kein Mensch, dem man gerne widersprechen will, doch die Fußstapfen, in die ich treten sollte, waren riesig.

Nun gut, mit seinem Wort war die Sache also entschieden. Ungeregelte Arbeitszeiten, miese Bezahlung und absolut keine Chance auf ein ruhiges Familienleben. Ich frage mich ja eh, wann meine Freundin endlich mit mir Schluss machen wird. Sie wäre nicht die Erste, die mir auch den Laufpass gibt. Keine Partnerin hat es bis jetzt länger als neun Monate mit mir ausgehalten.

Sorry, Schatz, wir müssen unser romantisches Candlelight Dinner leider verschieben, da muss ich Spätdienst leisten.

Kino? Heute Abend? Absolut unmöglich, morgen muss ich Punkt fünf auf der Arbeit sein.

Welche Beziehung kann das denn durchhalten?

Frustriert packe ich die Box weg und seufze. Man mag es kaum für möglich halten, aber der Job ist meistens ziemlich langweilig. Warten ist die Hauptaufgabe. Vielleicht schreibe ich ja irgendwann mal eine Autobiographie. Das wäre auch ganz einfach. Hauptsächlich leere Seiten.

Es schrillt.

Ich erschrecke mich sogar. Der Alarm kommt viel zu selten.

Die Durchsage gibt die Adresse für den Einsatz durch: Gloucester Road 27.

Irgendetwas klingt da bei mir. Kommt mir bekannt vor. Moment, ist das nicht…? Keine Zeit, darüber nachzudenken. Ruck, zuck fertigmachen und dann die Stange runterrutschen. Sieht deutlich besser aus, als es in Wirklichkeit ist. Scheuert tatsächlich nur die Beine auf und die Landung geht höllisch auf die Knie, glaub mir das.

Wir sitzen dicht an dicht nebeneinander, wie Sardinen in der Dose. An Klaustrophobie darf hier niemand leiden. Ich höre meine Kollegen angespannt atmen. Keiner macht einen Mucks, während der Wagen über den Asphalt rast. Aber was sollte man auch sagen? Etwa „Ey, Leute, das wird sicher ganz schön heiß!"? Nein, so ein Kommentar wäre wirklich unangemessen.

Die Sirene tönt laut wie ein schreiendes Baby in meinen Ohren. Das macht mir höllisch Kopfschmerzen. Ich schwitze schon unter meinem Helm.

Dann sind wir da.

Parken, aussteigen und loslegen. Immer dasselbe Prozedere. Die Crew weiß, wer was zu tun hat. Löschen und Retten.

Ich nehme das Fitnessprogramm ernst, also sind meine Schultern auch dementsprechend kräftig. Die Mickrigen dürfen draußen bleiben und den Schlauch halten. Auch das sieht in den Filmen immer sehr viel cooler aus.

Gesicht bedecken, Tür auf, rein ins Haus. Irgendwann habe ich vergessen, dass ich mich jedes Mal selbst in Lebensgefahr begebe. Stattdessen sind meine Augen nun darauf getrimmt, die vielen, vielen Details zu entdecken, die die brennenden Häuser voneinander unterscheiden.

Futter und ein Kescher. Hier gibt es also einen Fisch. Nur ein einziger Sessel statt einer Couch. Ein Singlehaushalt, der nur selten, bis nie Gäste empfängt.

Auf der Suche nach Überlebenden fällt mir auf einmal wieder ein, wo ich hier eigentlich bin. Gloucester Road 27. Das kam mir doch gleich bekannt vor.

Und als ich dann beinahe über den bewusstlosen Körper am Boden stolpere, bestätigt sich auch noch mein Verdacht. Das ist das Haus von Mr Chapman! Als Leiter der Wache hätte er doch wissen müssen, was in so einem Fall zu tun ist. Offenbar hat er nicht mal einen Feuerlöscher im Haus.

Mir schießt ein Gedanke durch den Kopf. Wenn ich meinen Vorgesetzten jetzt rette, dann geht alles unverändert weiter: Ich werde weiterhin die unbeliebte Spätschicht bekommen und häufiger Wochenenddienst als die anderen leisten müssen. Mein Mädchen wird sich von mir trennen und mein Lebensbuch bleibt für immer leer.

Ist es das, was ich will?

Ich schaue hoch. Der Goldfisch! Panisch schwimmt er in seinem Glas hin und her und guckt mich verzweifelt an. So ein schönes Geschöpf. Viel zu schön, als es in den Flammen verenden zu lassen.

Aber ich habe nur Kraft für einen.

Mit einem großen Schritt steige ich über den Abteilungsleiter und nehme das Aquarium in die Hand.

„Alles wird gut, mein Kleiner", flüstere ich und verschwinde dann aus dem Haus.

Meine Freundin wünscht sich doch schließlich schon so lange ein Haustier.

Blubb, Blubb, Blubb

Es ist im wahrsten Sinne des Wortes ein wasserdichter Plan. Heute wird sich mein Schicksal erfüllen und ich bin nicht mehr Single.

Voller Vorfreude packe ich Schwimmklamotten, Handtuch, Flip-Flops und das Shampoo in meine Badetasche und fahre los.

Ich scanne meine Mitgliedskarte und ziehe mich um. Beim Betreten der Halle strömt mir der Geruch von Chlor in die Nase und ich höre das Plätschern des Wassers. Kinder rutschen auf der Rutsche, andere spielen Ball und das Café ist gut besucht.

Oh, Harry.

Ich schmelze schon dahin, wenn ich bloß an ihn denke. Er ist Bademeister im Oceans Club, dem städtischen Hallenbad und nur dank ihm bin ich seit neustem eine richtige Wasserratte. Das freie Schwimmen steht fest auf meinem Wochenplan und Aquagymnastik lasse ich mir selbstverständlich auch nicht entgehen, obwohl ich dabei aussehe, als würde ein gestrandeter Wal verzweifelt versuchen, wieder zurück ins Nasse zu kommen.

Mit kurzen Hosen, Badelatschen und Trillerpfeife steht Harry jeden Tag am Beckenrand und beobachtet das Geschehen. Er ist perfekt wie Baywatch-Boy Mitch Buchannon. Manchmal muss Harry auch ganz streng werden und wieder für Ordnung sorgen, zum Beispiel dann, wenn irgendein ungezogener Rotzlöffel mit einer Arschbombe ins Wasser springt. Ich schwimme immer brav meine Bahnen, ohne Salti, ohne Tumult, jedoch sind es meist zu viele Runden, als meine Kondition eigentlich verträgt.

Am liebsten würde ich meinem Harry ja mal in der Sauna begegnen, aber das ist nur eine heimliche Fantasie von mir.

Natürlich ist er wieder da.

Zwei Züge mache ich noch, dann geht es los.

Krampfanfall. Ich gehe unter.

„Hilfe!", schreie ich und tauche ab. Es ist gar nicht so leicht, ein Ertrinken vorzutäuschen. Fast schlucke ich Wasser.

Platsch!

Muskulöse Arme packen mich und ziehen mich zurück an die Wasseroberfläche. Harry. Seine Haare sind nass und seine Augen funkeln.

Ich handle schnell und drücke meine Lippen fest auf seinen Mund. Der Beginn einer glücklichen Ehe…

„Was zum…?!" Harry ist bitterböse, als er eins und eins zusammenzählt und erkennt, dass ich ihn dreist an der Nase herumgeführt habe. Wütend stößt er mich von sich weg und paddelt zur Leiter. „Hast du das gerade eben etwa nur gespielt?", faucht er. „Weil du mich küssen wolltest?"

„Ja, schon", gebe ich zögernd zu. „Aber wollen wir vielleicht mal zusammen einen Kaffee trinken?"

„Nee, echt nicht!" Stocksauer klettert Harry aus dem Becken und stapft davon. Das T-Shirt klebt eng an seinem definierten Oberkörper.

„Oder Burger essen?"

Keine Antwort. Ich sehe ihm traurig hinterher. Das ist dann wohl ein Nein.

Ich gebe nicht auf. Von so einer klitzekleinen Niederlage lässt sich mein Lebensglück doch nicht ins Bockshorn jagen!

Gleich am Tag darauf komme ich wieder.

Harry und ich werden heiraten, Kinder kriegen und unsere eigene Therme eröffnen. Mit Wellenbad, Salzwasserbecken, Whirlpool und, und, und.

Punkt, aus, Ende und keine Diskussion!

Meine Finger sind so schrumpelig wie die einer alten Frau. Die siebte Bahn ist das jetzt schon. Nach der zwanzigsten werde ich eine Pause einlegen und mir all die verbrannten Kalorien wieder ganz genüsslich mit Pommes und Mayo einverleiben. Danach wird weitergeschwommen.

Harry würdigt mich keines Blickes.

Schade, dabei habe ich ganz arg den Bauch eingezogen und die Brust rausgestreckt, als ich aus der Umkleide spaziert bin. Zudem trage ich heute sogar noch einen nigelnagelneuen Bikini in der heißen Farbe Rot. Extra kurz und auch extra teuer.

Bahn Nummer dreizehn. Ich bin gerade gut bei der Mitte angekommen, als es plötzlich in meiner linken Wade zu schmerzen beginnt. Dann auch in der rechten.

Das darf doch wirklich nicht wahr sein. Ich habe tatsächlich einen Krampf!

Aus dem anfänglichen Prickeln und Stechen wird Lähmung. Meine Beine quittieren den Dienst und ich verschwinde unter Wasser. Mit bloßer Armkraft kämpfe ich mich hektisch an die Luft zurück.

„Hilf…!"

Mein Kopf taucht unter. Meine Lunge atmet Wasser ein und ich huste und spucke verzweifelt im Todeskampf.

Aber auf Hilfe warte ich vergeblich. Harry kommt nicht.

Mit dem gestrigen Kuss habe ich meinen Rettungsring buchstäblich über Bord geworfen.

Todschick

Unser Auto saust über die Straße. Mein Vater ist ein schneller Fahrer, das ist wichtig, deshalb sitzt er auch hinterm Steuer.

So ein Familienausflug ist schon schön. Andere Familien fahren in den Zoo, ins Schwimmbad oder raus in die Natur zum Wandern, aber wir sind gerade auf dem Weg zum Juwelier. Hochpreisige Ringe, Armbänder, Perlen… Ich hoffe so sehr, dass ich ein Set Ohrringe bekomme. Am liebsten welche mit Smaragden, weil die richtig toll zu meinem grünen Ballkleid passen würden, das wir beim letzten Trip in der Boutique mitgenommen haben.

Ich sehe, wie Mum durch die Katalogseiten von Precious Jewels blättert. Sie interessiert sich scheinbar für ein Collier. „Die sähe doch bestimmt todschick an dir aus", sagt sie zu Dad und deutet auf eine sündhaft teure Rolex-Uhr.

Mein Vater schielt einmal kurz zur Seite und nickt dann. „Stilvoll die Zeit im Blick behalten." Er zwinkert uns zu. „Manchmal kommt es schließlich auf jede Sekunde an."

Wir erwischen einen Parkplatz, ziemlich direkt vor dem Laden. Punktlandung. Nur knappe hundert Meter Entfernung. Besser könnte es nicht laufen.

„Seid ihr bereit?"

Ich greife nach meiner Tasche und nicke. „Bereit."
„Dann los!"

Es ist dieselbe Prozedur wie immer: Wir ziehen unsere Skimasken auf und steigen in bewährter Manier aus dem Auto. Dad, Mum, mein Bruder Jay-Jay und ich.

„So, einmal bitte alle Hände nach oben, das ist ein Überfall!", ruft Dad.

Im Precious Jewels ist es bis auf zwei Kunden und zwei Angestellte leer. Die Kassiererin steht hinter der Kasse und der Mann im Anzug berät das einkaufende Pärchen. Sie tun wie geheißen und strecken ihre Arme in die Höhe.

Jay-Jay übernimmt heute das Schmierestehen an der Tür, während ich Ringe, Ketten und Armbänder in meine Tasche fülle. Ein Raub in einem Spielzeugladen hätte meinen Bruder sicher mehr verzückt.

„Sieh dir nur diese Brosche an", haucht Mum.

„Wow, wow, wow, was soll denn das hier werden?" Mein Vater greift in seine Jackeninnentasche und ich weiß ganz genau, was jetzt passiert. „Ich sagte doch Hände in die Luft und keine Bewegung!"

Ein leiser Aufschrei von der jungen Frau, die sich an den Arm ihres Verlobten klammert. Verständlich, Dads Pistole sieht schließlich irre echt aus, dabei ist es nur eine billige Plastikattrappe von einem Cowboykostüm.

„Ich werde Ihnen nichts tun, versprochen." Der Lauf wandert von einem zum anderen. „Solange Sie sich an meine Anweisungen halten." Er dreht sich zu uns um. „Wie weit seid ihr, Mädels?"

Mum seufzt. „Lieber Gold oder Rosé?"

„Egal, nimm beide. Ich hoffe, du hast an meine Uhr gedacht?"

Sie gibt ihm ein Daumen-hoch-Zeichen.

„Gut, ich… Was ist das denn?!"

Ich sehe erschrocken hoch. Wo kommt denn auf einmal dieses Handy her? Die Kassiererin hält es in der Hand.

„Tut mir…" Sie bringt ihre Entschuldigung nicht zu Ende. Ein ohrenbetäubender Schuss zerreißt die Luft. Mit einem Loch im Kopf kippt die Verkäuferin nach hinten um und bleibt unter dem Tresen liegen.

„Auf jetzt! Zeit zu verschwinden!"

Das lasse ich mir nicht zweimal sagen. In meinem Beutel klimpert der schwere Schmuck.

„Und versuchen Sie bloß nicht uns zu verfolgen", sagt mein Vater an die Überlebenden gewandt. „Einen schönen Tag noch."

Wir springen ins Auto und Dad gibt Gas.

Ich reiße mir die Skimaske vom Gesicht. Meine Wangen sind rot und hitzig. „Die, die war ja wirklich echt", keuche ich.

Ein Grinsen vom Fahrersitz. „Also, was meint ihr? Wohin fahren wir nächste Woche?"

Mord mit Aussicht

„Der Berg ruft!"

Schweigen. Das hatte ich mir anders vorgestellt.

Also nochmal: „Der Berg ruft! Seid ihr bereit?"

Murmeln, das *Ja* oder *Nein* bedeuten könnte.

Ich lasse mich nicht beirren. „Also, auf geht's! Schuhe an und dann raus in die Natur!"

Sporthotel. *Sport. Hotel.* Legt dieser Name nicht schon nahe, dass sich hier durchaus sportlich betätigt wird? Eigentlich ja, aber die schlaffe Gruppe dort vor mir sieht eher so aus, als würden sie zuhause nur den Weg von Sofa zu Kühlschrank zurücklegen. Das kann ja heiter werden… Eine Wandertour mir Gästen, die wahrscheinlich glauben, Kondition sei etwas zu essen.

Nicht mal richtig ausgerüstet sind sie. Turnschuhe und, Hilfe, Ballerinas statt Wanderstiefeln. Diese Blasen will ich danach nicht verarzten müssen. Bauchtaschen, in die bestimmt nicht mal ein Päckchen Traubenzucker passen. Ich habe einen großen Rucksack auf dem Rücken und darin eine Wasserflasche, ein Iso-Getränk, meine gesunde Brotzeit, Äpfel, Verbandskasten und ein Regenponcho.

Für alle Lebenslagen gewappnet!

Die Tour startet auf ebenem Waldgrund. Das ist noch keine allzu große Herausforderung, nur die Dame mit den Schläppchen jammert ein wenig.

Erst dann geht es endlich richtig los. Der steile Anstieg auf den Gipfel. Als Wanderleiter gehe ich voraus, dabei immer den halben Blick nach hinten gerichtet, um die Truppe im Auge zu behalten. Herrlich! Ich bin den Weg zur Pflückershütte schon so oft gegangen. Ich kenne jeden Stein, jeden Stock, jeden Baum, jede Blume und jeden Pilz. Meine Schritte sind kraftvoll, das Tempo zügig.

„Wann machen wir eine Pause?", heult jemand von hinten.

Ich sehe auf meinen Tracker. Wie?! Nach einer halben Stunde schon?

Ich hatte geplant, die rast auf einer Lichtung in gut drei Kilometern einzulegen. Dann hätten wir gut die Hälfte geschafft und wären pünktlich zur Mittagszeit auf dem Berg. Aber gut, ich bin nachsichtig.

„Trinkpause für fünf Minuten!", kündige ich gnädig an und nippe an meiner Wassergallone.

Aus fünf wurden zehn Minuten, aber dann können wir endlich weiter.

Schritt um Schritt näher zum Gipfel, Schritt um Schritt näher zum Glück.

„He, warten Sie mal!"

Ich drehe mich um.

„Gibt es hier denn kein Klo?"

Das muss ein Scherz sein, oder?

Aber das Gesicht des Mannes sagt etwas anderes.

„Nein", erkläre ich. „Wir sind ja mitten im Wald."

„Dann geben Sie mir mal 'ne Sekunde."

Er verschwindet im Gebüsch, ein Reißverschluss ritscht und es fließt los.

„Ähm, bitte pieseln Sie nicht in das Wasser da, ja? Das ist reines Quellwasser und unten ist ein Trinkbrunnen."

Es knackt zwischen den Ästen und der Gast schließt seinen Hosenstall wieder.

„Ups."

Ich empfehle, heute nicht vom Bergwasser zu trinken.

„Wann sind wir endlich da?"

In diesem Tempo wahrscheinlich morgen Abend. Es ist, als wäre ich mit Schnecken unterwegs.

Ich befürchte langsam, die Küche hat dann schon geschlossen, wenn wir irgendwann die Hütte erreichen. Das macht mir Angst. Ich habe mich doch schon so auf deftige Schlutzkrapfen gefreut.

„Noch gut zwei Kilometer", sage ich.

„Und wann essen wir?"

Ich sehe mich um. Wir sind gerade auf einer Wiese. Die Lichtung haben wir schon passiert. „Okay, zehn Minuten Rast zum Essen und Ausruhen." Nervennahrung wird mir guttun.

Ich lasse mich ins Gras fallen und packe meine Brotbox aus. Ein saatenreiches Vollkornbrot mit fettarmem Frischkäse, geraspelter Möhre und Gurke lacht mich an. Die perfekte Kombination aus Ballaststoffen, Proteinen und Gemüse. Ich beiße herzhaft ab und verschlucke mich just an meinem Happen. Denn das, was meine Gäste dort aus ihren Taschen kramen, ist alles andere als gute Wandersverpflegung: Fettige Chips, Cola und zuckerhaltige Müsliriegel. Schweigen wir lieber über die Nährwerte. Hoffentlich gibt ihnen diese Kalorienbombe wenigstens genügend

Energie um ein bisschen schneller als langsam trotten zu können.

„Igitt, ist das… Ist das etwa ein Kuhfladen?!" Eine Frau in weißen Sandalen hebt den Schuh. „Das ist ja abartig."

Ich kann mir ein Grinsen kaum verkneifen.

„Unmöglich! Lasst uns weitergehen!"

Schön, dass Kuhkacke ausreicht, um das Grüppchen zu motivieren.

„Denken Sie daran, Ihren Müll wieder…"

Aber da ist die Pringles-Rolle schon den Berg heruntergekullert.

Endlich geschafft!

Für den Abstieg werden wir die Seilbahn nehmen. Ich würde nämlich noch heute gern nach Hause kommen.

Zwei Stunden hat es seit der Pause noch gedauert, aber jetzt sind wir tatsächlich da. Beziehungsweise ich. Der traurige Rest quält sich gerade die letzten Meter nach oben. Sie ächzen, japsen, keuchen und stöhnen. Ihre Gesichter sind krebsrot und ihre Achseln schweißgebadet.

„Das war ja ein Höllentrip!"

„Nie wieder!"

„Ich brauch' jetzt erstmal was zu essen!"

„Der Wanderleiter ist doch der Teufel höchstpersönlich!"

Ich wende mich ab. Sollen sie nur schimpfen. Ich genieße die freie Sicht über die Landschaft. Grün, soweit das Auge reicht. Meine Lungen atmen die frische Bergluft ein und riechen dann auf einmal Schweiß.

„Da haben Sie, was Ihnen nach dieser Tour gebührt."

Zwei kräftige Hände packen mich an den Schultern und schubsen mich nach vorne.

Schlutzkrapfen esse ich heute nicht. Nie mehr, eigentlich.

Denn gerade stand ich noch am Abgrund, doch jetzt bin ich einen großen Schritt weiter.

Aglio e Olio mit fatalen Folgen

Es ist mein erstes Date seit langem. Und dann auch noch mit so einem süßen Traumprinzen. Igor.

Wie sehr ich mich darauf freue. Hoffentlich sitzt mein Kleid auch richtig…

Wir gehen gemeinsam Essen. In ein kleines, italienisches Lokal mit Antipasti, Pizza, Pasta und Tiramisu auf der Speisekarte. Ein Blinddate ist das. Unsere gemeinsame Freundin Abby hat Single-Mann plus Single-Frau zusammengezählt und ungefragt unsere Nummern getauscht. Nur ein paar Mal Tipp, Tipp, Tipp und der gemeinsame Tisch in der Trattoria Toscana war reserviert.

Ich sehe Igor durch die Fensterscheibe. Er hat bereits Wein bestellt und wartet innen auf mich.

Gut sieht er aus, denke ich, atme tief durch und trete ein.

„Schön dich zu sehen", sagt Igor und steht auf. „Du bist ja wunderschön."

Oh, bei diesem netten Kompliment erröte ich doch gleich.

Ich setze mich schnell. Ein Kellner kommt und reicht mir auch eine Karte.

„Hm, was nehme ich nur?" Mit zittrigen Fingern blättere ich mich durchs Angebot.

„Haben Sie sich entschieden?"

Igor lässt mir den Vortritt.

„Spaghetti Aglio e Olio, prego."

Der Kellner schreibt auf und Igor sagt: „Für mich ein Steak. Bleu, bitte. Maximal zwei Minuten gebraten. Ich will es noch rosa, ja?"

„Sì, Signore. Wünschen Sie eine Beilage?"

„Nein, nein." Igor schüttelt den Kopf. „Nur viel Fleisch."

Ich nippe an meinem Glas. Der Wein ist bitter und dunkelrot. Blutrot.

„Vielen Dank."

Der Kellner geht wieder und ich habe Zeit, mein Date zu bewundern. Ein hübscher junger Mann mit schwarzen Haaren, blassem Teint und funkelnden Augen. Er trägt einen maßgeschneiderten Anzug und ein schneeweißes Hemd. Elegant und schneidig. Sogar ein Gehstock lehnt neben seinem Stuhl. Jaja, altmodisch, ich weiß, aber gleichzeitig doch auch so verdammt stilvoll, oder?

„Du studierst, oder?"

Ich nicke. „Ja. Lernen, lernen, lernen. Und du arbeitest wo…?"

„Im Krankenhaus", antwortet er. „In der Notaufnahme. Immer die Nachtschicht." Er lächelt und seine langen, strahlendweißen Zähne blitzen auf. „Die ist bei allen anderen so unbeliebt."

Ich sehe ihn verträumt an.

„Ein kleiner Gruß aus der Küche für Sie." Das erste Essen kommt verblüffend schnell. Ein Körbchen Knoblauchbrot. Das Baguette ist kross und die Butter weich. Wie das duftet…

Es ist schon spät am Abend. Vor Sonnenuntergang isst er nichts, sagt Igor. Wahrscheinlich eine ganz besondere

Art von Intervallfasten, aber ich als Normalesserin habe mächtig Kohldampf und bin kurz vorm Verhungern.

Ich biete ihm das Brot an, aber Igor winkt ab. „Nein, nein, ich mag gar keinen Knoblauch."

Na, auch gut, so bleibt mehr für mich, freue ich mich und greife gleich zu. Erst Brot, dann Pasta. Low Carb gibt's bei mir nicht.

„Und was macht du, wenn du nicht gerade arbeitest?", frage ich.

„Oder ich mich nicht gerade mit einer bezaubernden jungen Dame treffe?" Er zwinkert.

Bezaubernd. Ich bin jetzt schon Hals über Kopf verliebt.

„Tagsüber schlafe ich. Ich muss ja schließlich fit für die Arbeit sein."

Ich habe gerade Brot im Mund und nicke deshalb nur zustimmend.

„Die Schicht geht bis in die Morgenstunden, dann schnell heim, etwas Essen und vor Sonnenaufgang ab ins Bett."

Das ist eine ganz andere Art von Nachtleben.

„Aber weißt du, was ich wirklich liebe?" Igor kommt mir auf einmal ganz nah. „Fliegen", flüstert er. „Das war, seit ich ein Kleinkind bin, schon immer meine heimliche Leidenschaft."

Ehe ich nachhaken kann, ob mit Segelflugzeug oder Drohne, steht der Kellner wieder an unserem Tisch.

„Und Ihr Hauptgang. Für die Dame und den Herren."

Hoppla, der Service ist aber ganz schön auf Zack.

„Die Spaghetti", er reicht mir den riesigen Teller. „Und das Steak. Buon appetito!"

Die Küche scheint ihre Arbeit gut gemacht zu haben. I-
gor schaut verzückt auf das Fleisch und leckt sich die Lippen, während mir sich der Magen umdreht. Wirklich ganz
schön blutig.

Ich wende mich lieber meiner vollkommen vegetarischen Pasta zu. Köstlich sehen sie aus. Mit der Gabel
drehe ich eine Spirale. Und genauso köstlich schmecken sie
auch. Die Nudeln sind auf den Punkt genau al dente, die
Chili ist scharf wie Igor und das Öl tropft mir betörend
erotisch das Kinn herunter. Ich schlürfe.

Satt und trunken von Wein und Liebe stehen wir draußen vor dem Restaurant. Irgendwo schlägt eine Kirchen-
locke zwölf Uhr.

Mitternacht. Geisterstunde.

„Das war schön", sage ich ein klein wenig nervös.

Soll ich ihn umarmen?

Igor nimmt mir die Antwort ab. Er beugt sich vor. Sein
Gesicht ist dicht bei mir, dann legt er den Kopf schräg und
schnuppert an meinem Hals.

„So zart", flüstert er mir ins Ohr. „So wunder-, wunderschön bist du."

Er öffnet die Lippen und ich küsse ihn. Tief und innig.

Igor verkrampft.

Ich sehe ihn erschrocken an. Er erstarrt, japst nach Luft
und fällt dann nach hinten um.

Entsetzt beuge ich mich über ihn. Igor ist tot.

Ach, wie dumm ich doch war. Ich habe das Aller-Aller-
wichtigste vergessen…

Die Nudeln und das Brot.

Vampire hassen Knoblauch.

Game Over

Ich habe gerade beschlossen, meinen Bruder zu töten. Es muss sein. Seine Existenz stört mich schon lange. Drei Jahre jünger als ich und trotzdem führt er sich manchmal auf, als wäre er bereits fünfzig und nicht erst fünfzehn. Dem werde ich es zeigen. Tommy steht nur ein paar Meter vor mir.

„Ich gehe vor", hat er gerade gesagt und bei diesen Worten so albern die Muskeln angespannt, um furchtein- flößender zu wirken, dabei ist er in Wahrheit so dünn wie ein Spargel. Da nützt ihm auch die Army-Jacke und die schwarzen Springerstiefel nicht viel. Er ist und bleibt trotz aller Bemühungen immer noch ein Kind.

Tommy fährt sich durch die Haare und legt dann die Hand an die Stirn, um besser in die Ferne blicken zu kön- nen.

Es ist heiß und der Schweiß brennt in meinen Augen. Wir sind seit Stunden unterwegs, ohne Wasser, ohne Pause. Mein Bruder ist ein ruchloser General.

„Da lang", sagt er und zeigt weiter geradeaus.

Ich bezweifle, dass er mal auf ein Navi oder eine Land- karte gesehen hat. Das Marschieren geht also weiter und mein Groll wächst immer mehr.

Mir stehen folgende Waffen zur Auswahl: Eine Peit- sche, ein Gewehr und ein scharfes Messer.

Die Peitsche finde ich blöd. Ich tue mich immer noch sehr schwer damit umzugehen. Ein paar Lehrstunden bei Indiana Jones könnten nicht schaden.

Mit dem Gewehr wäre ich bestimmt auf der sicheren Seite, anvisieren, abdrücken, Schuss und tot, aber der Knall könnte unangenehme Aufmerksamkeit auf sich ziehen. Selbst im Dschungel ist man vor Feinden niemals bewahrt.

Bleibt mir nur der Säbel. Ein Tropenmesser mit langer Klinge, ideal um sich das Gestrüpp und die Lianen aus dem Weg zu schneiden. Ich trage es in einer Scheide um meine Brust geschnallt.

Tommy zieht das Tempo an und ich muss schneller laufen, um Schritt halten zu können.

„Los, wir müssen weiter!"

Ja, Sir, denke ich grimmig.

Blätter schlagen mir ins Gesicht und beinahe verschlucke ich eine Spinne. Meine Hände tasten nach dem Griff. Herumkommandiert wie ein naives Mündel von seinem eigenen Bruder. Meinem kleinen Bruder, zur Erinnerung!

Unfassbar!

Was ist mit dem altbewährten Erstgeborenenrecht aus dem Mittelalter passiert? Das kann ich nicht auf mir sitzen lassen.

Der Zeitpunkt ist ideal. Tommy ist nur ein Mensch wie jeder andere. Ein Leben hat er noch. Wenn ich jetzt zusteche, ist er tot und dieses dämliche Spiel vorbei.

Ich ziehe den Säbel aus der Halterung. Obwohl wir beinahe rennen, behalte ich die volle Kontrolle über diese Waffe.

Ich gebe nochmal Gas, um auch ganz dicht bei ihm zu sein.

Attacke!

Wie weiche Butter durchtrennt das Messer seinen Hals. Tommys Körper sinkt zu Boden, der Kopf landet einige Meter weiter links.

„Spinnst du?! Du hast mich gerade einfach kalt gemacht!" Wütend reißt mir Tommy den Controler für die Playstation aus der Hand. „Ich zocke nie, nie wieder mit dir!"

Vergnügt schalte ich die Spielkonsole aus. Das Setting der Tropenlandschaft verschwindet und damit auch unsere Avatare Soph Allen und Commander Webb.

„Komm schon, Tommy, wir können doch FIFA spielen!"

Im Fußball ist schließlich noch niemand gestorben. Glaube ich…

Köpfen und Schießen

Buhen und Gejohle. Geschrei und Gekeif. Niemandem kann ich es recht machen. Ich bin der mit der Pfeife im Spiel, aber gleichzeitig auch jedermanns Pfeife im Spiel. Die am meisten verachtete Person auf dem Platz: Der Schiedsrichter.

Seit meinem fünften Lebensjahr stehe ich auf dem Fußballplatz. Die ersten Jahre selbst als Spieler und dann irgendwann als Unparteiischer. Ich hatte genug von diesen unfairen Spielentscheidungen, die oft ausschlaggebend für Sieg oder Niederlage meines Teams waren. Ich bin ein Perfektionist und ich hatte die Vision, als Schiedsrichter den Fußball wieder gerechter zu machen.

Hätte ich nur vorher gewusst, worauf ich mich dabei einlasse…

Ganz eindeutig. Das war ein Foul und keine Schwalbe. Der simuliert nicht, der ist verletzt. Richtig reingegrätscht, mit den Stollen schön ins Knie. Ich habe das genau gesehen.

Meine Hand wandert zur Brusttasche.

Gelbe Karte. Verwarnung, Freundchen.

„Nein, nein, nein!"

Absehbar, dass die blauen Fans jetzt pfeifen. Ich bin viel zu streng.

Und auch die Roten meckern. Ich bin ja viel zu gnädig.

Beleidigungen und Bösartigkeiten beiseite! Das gibt einen Elfmeter. Von diesen selbsternannten Fußballexperten lasse ich mir gar nichts sagen. Die meisten von denen wissen doch nicht mal genau was Abseits ist. Wenn die wüssten, wie viele Lehrgänge, Seminare und Fortbildungen ich jährlich besuchen muss, um immer auf dem neusten Stand der Fußballregeln zu sein.

Billige Amateure!

Der Ball liegt abwartend auf dem Rasen. Der Schütze schwitzt, der Torwart bangt. Das könnte die ultimative Wendung sein, die das Spiel entscheidet.

Schuss und…

Ich pfeife ab.

Endergebnis: 2:1.

Wie ich vermutet habe: Das Elfertor hat die Roten zum Sieg gebracht. Völlig gerechtfertigt, wie ich finde, sie hatten einfach die bessere Spieltaktik.

Die Mannschaften werden beklatscht, als sie zurück in die Kabinen gehen. Und ich?

„Schiri, wir wissen, wo dein Auto steht!" Zwei Männer, blaue Trikots, Schals und ein Bier in der Hand, grölen gemeinsam im Chor. „Schiri, wir wissen, wo dein Auto steht!"

Einer der noch halb vollen Becher trifft mich hart am Kopf. Ich sehe das Blut an meinem Finger.

„Wir stechen dich ab!"

Ich verdrehe die Augen und verschwinde auch schnell in den Katakomben, bevor womöglich noch etwas anderes fliegt.

Lächerlich. Nein, sie wissen nicht, wo mein Auto steht. Die Reifen von meinem Wagen sind noch heil und die Lackierung auch. Ist eben nur ein dämlicher Spruch.

Ich lasse mich auf den Sitz fallen und exe meine den Inhalt aus meiner Zwei-Liter-Flasche in einem Zug. Ah, das tat gut. Als Schiedsrichter renne ich schließlich wirklich immer. Ununterbrochen. Ich muss stets nah am Ball sein und kann mir keine Pause gönnen.

Aber jetzt geht es erst mal ab nach Hause und unter die Dusche. Ich stinke. Meine Familie und unsere Katzen werden mich so lange meiden, bis ich endlich wieder nach Tannennadeln dufte.

Erst dann kommt die lästige Fragerei: Und? Wie ist das Spiel ausgegangen?, Wie viele rote Karten gab es? oder Waren die Spieler hübsch?. Letztere Frage stammt von meiner Schwester, die unbedingt Angetraute eines Profifußballers werden will und mich deshalb ständig um Freikarten bittet. Als könnte ich da vermitteln.

Ich starte den Motor und fahre aus dem Parkhaus.

Na, wen haben wir denn da?

Zwei torkelnde Männer in blauer Fan-Montur.

Auf der Suche nach meinem Auto, ihr Loser?

Das Pflaster an meiner Stirn juckt und genauso meine Mordgelüste.

Es ist ganz einfach. Ich halte an und steige aus. Sie singen schräge Fußballhymnen und bemerken mich nicht.

Treffer eins: Tod durch einen Schlag mit dem Stollenschuh auf den Hinterkopf.

Treffer zwei: Strangulation durchs Seil der Trillerpfeife.

Zufrieden sehe ich auf mein Werk.

Rote Karte!

Platzverweis.

Kohldampf auf Kohlsuppe

„Bekommst du sonst noch etwas?"

Ich verneine und zahle. In der Tüte vor uns liegen schon Chicorée, Sellerie und Kartoffeln, aber, keine Angst, ich bin kein verrückter Gesundheitsfanatiker. Die Gummibärchen habe ich vorhin im Supermarkt gekauft. Die gibt es eben nicht auf dem Marktplatz. In den Kisten stapeln sich ausschließlich Obst und Gemüse in den buntesten Farben. Natur pur und immer regional und saisonal. Wer im Winter Erdbeeren will, ist hier falsch. Wer aber biologische Unikate mag, der ist goldrichtig.

„Psst." Mrs Yates legt den Finger an die Lippen, als sie mir noch eine Quitte zusteckt. „Das bleibt aber unter uns, ja?"

Ich will gerade dankend antworten, als ich durch einen gellenden Schrei unterbrochen werde.

„Martha!", brüllt eine Stimme. „Leg das sofort zurück!" Mr Yates kommt angepoltert und reißt seiner Frau die gelbe Frucht aus der Hand. Dann wendet er sich an mich. „Wenn Sie die Quitte auch noch haben wollen, müssen Sie die auch bezahlen, junger Mann!"

„Nein, danke", erwidere ich kühl. „Ich verzichte." Ich nehme steif meine Tasche an mich. „Auf Wiedersehen, Mrs Yates."

Sie piepst eine Verabschiedung.

So ein Tyrann, grummle ich stumm in mich hinein.

Mrs Yates wollte doch bloß nett sein, schließlich bin ich ein treuer Kunde. Und eine einzelne Frucht wird die beiden schon nicht in den Ruin treiben.

Ich drehe mich um und sehe zu ihnen. Mr Yates schimpft und wettert, Mrs Yates nickt nur tonlos. Auf einmal hebt er die Hand. Ich erwarte Schlimmstes und will bereits laut aufschreien, da stößt der Grobian doch wirklich einfach alle Quitten aus der Box auf den Boden.

„Aufheben!", bellt er, dann verschwindet er zwischen den Planen.

Seufzend geht Mrs Yates in die Knie und beginnt, die Früchte einzeln aufzuklauben. Ich eile zurück und helfe ihr.

„Das dürfen Sie nicht mit sich machen lassen", flüstere ich besonders leise, damit uns Mr Yates nicht hört. „Sie müssen sich wehren, sonst hört es niemals auf."

Die alte Dame sieht mir in die Augen und nickt. „Veränderung. Du hast recht."

Wieso bin ich nur so verpeilt?

Ich habe komplett vergessen, dass ich heute Abend mit dem Kochen an der Reihe bin. Daheim wartet eine hungrige WG, aber der Kühlschrank ist bis auf ein Päckchen Hafermilch komplett leergeplündert. Es ist halb sechs. Die Stände auf dem Markt haben noch bis zum großen Glockenläuten geöffnet.

Der eiskalte Wind schlägt mir ins Gesicht, doch ich trete unaufhaltsam in die Pedale. Ich schaffe das!

„Sorry, sorry, sorry!" Japsend komme ich vor Mrs Yates zum Stehen. „Ich weiß, ich bin super spät dran, aber haben Sie trotzdem noch etwas für mich? Irgendetwas?"

Die Ware ist schon mit Folien verdeckt und auf dem Transporter verladen. Ich setze meinen herzzerreißendsten Hundewelpen-Blick auf. Meine Mitbewohner werden mich lynchen und dann selbst zum Abendbrot verspeisen, wenn ich mit leeren Händen zurückkehre.

Gottseidank, die Händlerin lächelt. „Natürlich. Was brauchst du denn?"

Uff, darüber habe ich mir leider gar keine Gedanken gemacht. Planlos zucke ich mit den Achseln.

„Komm mal mit." Mrs Yates greift nach meinem Arm. Sie trägt keinen Ring. „Ich will dir einen nahezu perfekten Kohlkopf zeigen." Sie geleitet mich nach hinten, wo Stühle stehen, und noch weitere Kisten lagern. Mrs Yates deutet zu einem Holztisch. „Ist er nicht ein Prachexemplar?"

Ich nicke ehrfürchtig und sehe auf den abgetrennten Kopf von Mr Yates.

„Einen, bitte", sage ich laut. „Heute Abend gibt es Kohlsuppe."

Reine Kamikatze

Es reicht. Genug ist genug. Der Abend ist im Eimer. Lachs, verdammt! Laaachs! Ich wollte Lachs und kein Rind. Jaja, ich weiß, der Fisch kostet ganze einundzwanzig Pence mehr, aber das ist eben mein Lieblingsfutter.

Ein letzter, abschätziger Blick in meinen Napf, dann spaziere ich anmutig aus der Küche. Schau mir nur schön nach, du dummer Mensch. Lüg mich bloß nicht an, das würdest du doch selbst nicht essen.

Stinkwütend ziehe ich mich in meine Kuschelhöhle zurück. Ich könnte vor Ärger in die Luft gehen. Sicher kann man es aus meinen Ohren Rauchen sehen.

Was denkt sich dieser Mensch nur? Wie kann er so etwas wagen? Wieso hält man sich denn sonst eine Katze, außer um sie zu verwöhnen?

Eine rein rhetorische Frage natürlich, kein Bedarf einer Antwort.

Herzhaftes Rind-Ragout in feiner Soße. Gourmetqualität.
Pah!
Wie das schon aussieht. Der Gourmetkoch dieser Kreation muss blind auf beiden Augen sein. Braune Brocken in brauner Soße. Es stinkt wie frisch gestorben und ist zäh wie ein Gummiband.

Ich rolle mich zusammen und schwelge in Tagträumen. Lachs… Du guter, guter Lachs… Rosafarbenes Filet, so zart, so fein, so köstlich. Ein Gaumenschmaus.

Erstmal werde ich mich ausgiebig putzen. Dieser ganze Stress macht mir sonst noch Knoten in mein schönes, graues Fell.

Ich lege den Kopf auf den Pfoten ab. Vielleicht hilft Schlaf ja gegen Magengrummeln. Ich werde es nie erfahren. Genervt öffne ich meine Augen. Schon wieder Krach. Nicht mal eine Sekunde Ruhe hat man in diesem Haus.

Jaja, mein lieber Mensch, geh du nur hoch in dein Schlafzimmer, während ich hier unten hungern muss!

Ich blicke im Leben dieses Trottels schon seit Langem nicht mehr durch.

Aufstehen, Wasser über seinen zitternden, nackten Körper laufen lassen und anschließend braune Quadrate mit, zugegeben, leckerer roter Pampe verdrücken. Bis zu diesem Zeitpunkt ist der Mensch kaum reaktionsfähig. Er will nicht spielen, mich nicht streicheln und auch nicht nett gebissen werden. Erst wenn er die ganze braune Brühe aus seiner Tasse intus hat, kann er sich dazu bequemen, mich auch endlich zu füttern. Eindeutig ein Fehler in der Prioritätensetzung.

Aber dann beginnt der spaßige Teil meines Tages: Der Mensch verlässt das Haus und ich bin ungestört. Ich kann tun und lassen, was ich will.

Auf der Tastatur schlafen? Kein Problem.

Im Bett liegen? Na, klar.

Vasen auf den Boden schmettern? Nein, das war der Wind.

Irgendwann am Abend kommt mein Idiot dann wieder heim. Was er in dieser langen Zeit getrieben hat, weiß ich nicht genau. Wahrscheinlich gefaulenzt.

Manchmal bringt er Tüten oder Pappkartons mit, die von mir natürlich aufs Genaueste untersucht werden müssen. Die Taschen sind meist nur voller Kram und in den Kartons liegt etwas rundes und es dampft, wenn man den Deckel hebt.

Dieses runde Ding frisst der Mensch auf dem Sofa in sich hinein, er seufzt sehr viel und guckt dabei auf den Zauberkasten. Immer spannend. Im Zauberkasten gibt es täglich etwas Neues zu sehen. Wohin geht die Reise heute? Wir waren schon auf einem Schloss, in der Wüste, einem Keller, in der Antarktis, in Spanien und sonst wo auf der Welt.

Nach seinem Essen werde ich schließlich auch mal bedient und zuletzt macht er mein Klo sauber.

Dann wird geratzt bis in den Morgen.

Komische Wesen, oder? Solche schlichten Geschöpfe auf zwei Beinen und scheinbar mit nur einer Gehirnzelle. Ja, ich bin immer noch wütend wegen dem Rind-Ragout.

Ich starre zur Treppe. Ist doch alles für die Katz'… Eine Idee muss her, wenn ich heute nicht abmagern mag, und zwar ganz, ganz schnell!

Ich sehe durchs Wohnzimmer. Stoffmäuse liegen herum. Da hinten ein Ball und… He, das ist es doch!

Ich habe mein dunkelrotes Wollknäuel entdeckt. Zum Spielen ist es völlig nutzlos, aber für mein Vorhaben eignet es sich perfekt.

Eine Katze, ein Plan.

Ich vergrabe meine Zähne in dem Bündel. Ach, igitt, ist das eklig. Bloß nicht genauer über die Hygiene nachdenken. Der Mensch muss aus dem Weg geräumt werden. Ich habe keine andere Wahl.

Ich transportiere die Wolle Stufe für Stufe die Treppe nach oben. Eine Herkulesaufgabe ist das. Morgen habe ich bestimmt einen gewaltigen Muskelkater. Egal, das ist es mir wert. Für ein gutes Lachsfilet würde ich über Leichen gehen.

Lage sichten.

Natürlich, wie könnte es anders sein? Der Mensch liegt faul im Bett und schnarcht. Was den doch immer so müde macht, ist mir persönlich ja ein Rätsel. Hat doch den ganzen Tag nichts gemacht. Manchmal spiele ich gnädigerweise ein bisschen mit ihm, damit er auch eine wirkliche Beschäftigung hat.

Ich laufe ein Dutzend Mal hin und her und spanne die Wolle im Zickzack auf. Vom Treppengeländer bis zu einem Wandregal. Eine schöne Stolperfalle ist das. So dumm wie die Menschen doch sind, wird es garantiert funktionieren.

Ich flitze wieder hinunter. Zeit für Radau. Miauen, rennen, rasseln, wieder miauen. Soll ich in ein Kabel beißen?

Die Matratze ächzt, aber das Flurlicht bleibt aus.

Ich kicke die Blumen vom Tisch.

„Was zum…?"

Dann ein Schrei, gefolgt von einem Poltern. Ich hatte Recht: Er ist gestolpert und alle Stufen wie ein Flummi hinuntergepurzelt. Mit gebrochenem Genick liegt er da.

Ich grinse schelmisch.

Rind esse ich jetzt jedenfalls nie, nie mehr.

Café au Arsen

Könnte ich meinen Nachmittag denn irgendwo besser als hier verbringen? Wenn es draußen nass und ungemütlich ist und einem der Regenschirm beinahe aus der Hand flattert, lässt es sich bei einer Tasse starken, schwarzem Kaffee bestens im Café aushalten. Ärger, Stress und Sorgen sind wie auf Knopfdruck sofort vergessen.

„Nein, nein, nein! So geht das einfach nicht. Der Cappuccino ist ja nur noch lauwarm!"

Okay, streich den letzten Satz. Wenn der Gast am Nebentisch lautstark stänkert, dann gibt es zig Orte, an denen ich gerade lieber wäre. Ich sehe genervt hinüber.

„Bringen Sie mir sofort einen Neuen!", bellt der dickliche Mann. „Dafür zahle ich auf gar keinen Fall."

Zu kalter Kaffee? Habe ich das gerade richtig verstanden? Tja, mein Geheimtipp für die Zukunft wäre, dann doch einfach gleich zu trinken und nicht erst noch zehn Minuten in der Zeitung zu lesen. Da kühlt selbst das heißeste Getränk etwas runter. Aber manche Menschen sind scheinbar gerne mit allem unzufrieden.

Der Kellner langt nach der Tasse und trägt den Cappuccino mit hängendem Kopf ab. Wie unangenehm ihm das sein muss. Er tut mir richtig leid.

Ich höre das Rauschen, als ein neuer Kaffee durchläuft.

„Nochmals ganz arg Entschuldigung. Hier haben Sie einen Frischen."

Nicht mal ein Danke bekommt der arme Kerl.

„Jesus, wollen Sie mich verbrühen?!", speit der Mann, als er von der neuen Tasse vor sich genippt hat. „Das ist so heiß, da verbrenne ich mir ja die Zunge!"

Der junge Kellner murmelt irgendetwas von wegen abkühlen lassen, ich nicke bestätigend von meinem Platz aus, aber das will sein Gast jetzt gar nicht wissen.

„Bevormunden Sie mich gefälligst nicht so frech, klar? Der Kunde ist ja schließlich immer noch König."

So führt er sich zumindest auf.

Und mit einem Blick zu mir fügt er hinzu: „Und Sie brauchen gar nicht so dämlich zu grinsen, verstanden?"

Er seufzt laut und theatralisch, während ich die Brauen hochziehe. Was für ein unsympathisches Arschlo…

„Aber alle guten Dinge sind drei, sagt man. Eine letzte Chance bekommen Sie noch, ansonsten haben Sie mich hier das letzte Mal gesehen, das garantiere ich. Es gibt genügend andere Cafés in der Umgebung."

Was wahrscheinlich wie eine Drohung klingen sollte, zaubert mir ein weiteres Lächeln auf die Lippen. Denn um ehrlich zu sein, glaube ich gar nicht, dass das Personal ihn hier gerne nochmal sehen möchte.

Ein flüchtiger Blickwechsel mit dem Kellner bestätigt es.

So ein Mistkerl!, denke ich.

Ich hasse ihn, lautet die Augenantwort.

Auch die anderen Gäste gucken böse zu dem Störenfried. Dieses Warm-Kalt-Spiel lässt sich nämlich ewig spielen. Bitte mach, dass er mit diesem Cappuccino nun endlich zufrieden ist…

„Es geht doch."

Halleluja, ein Wunder ist geschehen!

„Aber das Trinkgeld können Sie sich trotzdem abschminken, das versteht sich doch von selbst. So ein schlechter Service ist mir keinen Penny wert."

Er trinkt nochmal und wendet sich wieder den Artikeln in der Zeitung zu. Ein kleines Milchschaumbärtchen klebt über seinem Mund auf der Oberlippe.

Und dann wird er plötzlich puterrot. Rot wie eine Tomate, nein, roter noch, wenn das denn überhaupt möglich ist. Die Lippen zittern wie bei einem Anfall, lautes Keuchen, Husten, Röcheln, ein Stöhnen und der Kopf schlägt nach vorne auf den Tisch zu und direkt in die Tasse hinein. Das ist wohl Situationskomik. Er zuckt und atmet nicht mehr.

Meine Blickinterpretation war scheinbar falsch.

Nicht *Ich hasse ihn*, sondern *Ich töte ihn*.

Arsen im Kaffee. Clever.

Jetzt hat der Kellner wenigstens seine Ruhe, denke ich. Für allezeit.

Trinkgeld hätte er ja sowieso nicht gekriegt.

London Calling

Ja, jetzt kann es endlich losgehen. Die Kamera hängt um meinen Hals, in der Hand halte den Reiseführer, die Socken sind hochgezogen und das Sonnencap ist geradegerückt. Ich bin bereit und verlasse das Hotel.

Die berauschende Luft der Großstadt strömt durch meine Lungen. Rechts von mir der Leicester Square, links von mir ist Chinatown.

Es ist mein erstes Mal in der englischen Metropole.

London. Laut, bunt, wild und total abgefahren. Schon auf dem Weg vom Flughafen bis zur Unterkunft habe ich so viel gesehen, dass es für ein ganzes Menschenleben reicht.

Meine Must-See-Liste ist ellenlang, Big Ben, Tower, London Eye, Buckingham Palace, aber leider ist mein Urlaub nur kurz. Vier Tage, länger kann man sich London schließlich auch nicht leisten. Also, Rucksack richten, losgehen und keine Zeit verlieren.

Meine erste Station soll der Piccadilly Circus sein. Ganz lustig, weil das eigentlich gar kein echter Zirkus ist. Ich will unbedingt die Eros-Statue sehen. Laut Stadtplan könnte ich nun hier abbiegen und ein paar Meter durch Chinatown flanieren. Super, in Asien war ich nämlich auch noch nie.

Es ist wie in einer anderen Welt. Gerade wurde noch Englisch geredet, jetzt höre ich auf einmal noch ganz andere Wörter, die ich nicht verstehe. Ich spreche halt nur Deutsch. Und Bayrisch. Normalerweise reicht das.

Aus den Küchen der Restaurants wehen exotisch duftende Winde, rote Lampions hängen an Seilen über mir, Rikschas klingeln und ich schieße tausend Fotos. Hier werde ich heute zu Abend essen. Mir läuft schon beim Lesen, *All You Can Eat Buffet*, das Wasser im Munde zusammen.

Auf Reisen zu sein bedeutet für mich ja jedes Mal in eine völlig neue Cuisine einzutauschen. An meinem Bauch ist das leider auch deutlich sichtbar. Fish and Chips, Cream Tea mit Scones, Sandwiches, Full English Breakfast. Ich bin bestens informiert. Ich will das echte Britannien.

Okay, also wieder zurück und durch die Nebenstraße zum Leicester Square. Wahnsinn, was da los ist. Hier steppt ja richtig der Bär. Menschen über Menschen, genau wie auf dem Oktoberfest in München. Ein Beatboxer performt gerade inmitten einer Traube. Ob das wirklich ernstzunehmende Musik ist, wage ich doch sehr zu bezweifeln.

Vor dem M & M Store warten Dutzende. Irre. Aber den Laden merke ich mir, sowohl für Mitbringsel als auch für mich. Die Snacks aus der Minibar im Hotel sind einfach unbezahlbar.

Nur noch geradeaus, so der Reiseführer. Immer, immer weiter und dann müsste ich schon bald dort sein. Mein Finger fährt den Weg auf dem Papier ab, während ich gleichzeitig gehe.

Leute rempeln und stoßen mit mir zusammen.

„Pass doch auf, sappralott!", würde ich am liebsten rufen, aber der fixe Mann mit Aktentasche versteht meine Sprache wahrscheinlich eh nicht.

Die Londoner sehen ganz anders aus, als ich erwartet hätte. Nur die Wenigsten tragen einen Anzug und wirklich keiner hat eine Melone auf dem Kopf. Außerdem hat es noch gar nicht geregnet, aber vielleicht kommt das ja später. Beim Besuch in andere Länder muss man auf Enttäuschungen vorbereitet sein. Man mag es kaum glauben, aber die Franzosen haben auch nicht immer einen Schnurrbart oder ein Baguette unterm Arm.

Ein kurzer Blick nach vorne. Gut, die Straße ist frei.

Ich laufe los und es knallt.

Mit Schwung lande ich auf der Frontscheibe eines roten Doppeldeckerbusses. Wie eine zermatschte Fliege klebt mein Körper auf dem Glas, der Fotoapparat ist völlig zerstört.

Tot.

Verflixt, hätte ich doch nicht ausschließlich den Kulinarikteil im London-Guide gelesen.

Denn dann hätte ich ein lebensrettendes Detail gewusst: In England fährt man auf der linken Seite.

Kommt Sport, folgt Mord

„Es brennt!"

Meine Antwort ist nur ein hämisches Grinsen.

Pure Schadenfreude. Ja, so soll es doch auch sein.

Ich stehe tatenlos daneben und sehe diesem Mann mit schütterem Haar und dickem Bauch beim Leiden zu. Er schwitzt und stöhnt gleichzeitig. Eine gewisse Prise Sadismus braucht es schon, um nicht einschreiten zu wollen. Aber er bekommt wirklich kein Fünkchen Mitleid von mir, denn dafür werde ich schließlich gebucht. Die Qual der Leute bezahlt mir mein Abendessen.

„Drei, zwei", zähle ich langsam herunter. „Eins, null Komma fünf…"

Ein verzerrter Schrei.

„Na gut, Sie dürfen aufhören."

Ich entlasse ihn aus der Folter.

Sit-ups. Drei Sätze mit jeweils zwölf Wiederholungen. Ganz schön anstrengend, aber unerlässlich für den Waschbrettbauch.

Ich bin Personal Trainerin im Fitnessstudio Tone Your Body. Ich helfe den Menschen, ihr allerbestes Ich zu werden und sich einen gesunden Lifestyle aufzubauen. Ich schmiere ihnen Honig ums Maul, um sie am Aufgeben zu hindern. Der Kunde ist König. Ich lüge, dass sich die Hanteln biegen. *Wow, klasse!* oder *Super gemacht!*. Jede noch so grottige Leistung wird hochgejubelt und ist nämlich immer *Ein Weltrekord* und *Jeder Bodybuilder wäre neidisch auf Ihre tolle Figur.*

Unter unseren Mitgliedern gibt es eigentlich nur zwei verschiedene Typen.

Erstens: Die Trainierenden. Darunter fällt zum Beispiel die entzückende, aber leicht mollige Hetty Baker, die alle drei Tage vorbeischaut, um auf dem Laufband ihre überschüssigen Pfunde purzeln zu lassen. Trainierende tragen legere Klamotten, halten sich an ihren Trainings- und Ernährungsplan und kommen regelmäßig zu einem Zwischencheck-Up.

Und dann noch zweitens: Die Nicht-Trainierenden. Da fallen mir sofort Heather Owen und dieser eine Typ ein, der von allen nur *The Pumping Beast* genannt werden will. Sie tragen Muskelshirts und Booty-pushende Leggings, machen mehr Selfies als sie Gewichte stemmen und verbringen den Großteil der Zeit mit Flirten und Selbstinszenierung. Sie sind nur alibimäßig im Studio, um einen Haken hinter Sport setzen zu können. Aber nach ihrem, naja, sogenannten *Training*, sind sie die Ersten, die zum Automaten und Trinkspender rennen, um sich literweise Mineralgetränke und Proteinriegel reinzuziehen. Um, ich zitiere, *Die Gains zu saven.*

Aha. Darüber kann ich nur immer wieder den Kopf schütteln.

Der Klient dort vor mir ist definitiv Typ zwei. Zwar trägt er keine hautenge Hose, aber nutzt schamlos jede Ablenkung, um eine Pause einlegen zu können.

Bei der Ernährungsberatung vorhin habe ich ihm genauestens erklärt, wie wichtig ein gesundes Essverhalten ist und wieso er dringend sein Gewicht reduzieren muss. Risiko für Herzinfarkt, Schlaganfall, Diabetes und so.

„Also nur noch eine Pizza am Abend?"

Wahrscheinlich sollte es bloß ein Scherz sein, aber irgendwie unkt es in mir, dass er es doch ernst gemeint hat. Meinen Plan hat er in seine Tasche gepackt, aber ich bezweifle stark, dass bei ihm heute Abend eine salzarme Gemüsesuppe auf dem Esstisch landet.

„Dann kommen wir also jetzt zur Langhantel", sage ich und gehe ein paar Meter weiter.

Die runden schwarzen Scheiben liegen neben der Einstiegshilfe. Sie schimmern im Licht der hereinscheinenden Sonne. Fast romantisch. Könnten aber auch gut die Abdrücke von den schwitzigen Händen eines Vorbenutzers sein. Eklig. Egal, ich habe diese Woche jedenfalls keinen Putzdienst.

„Ich. Kann. Aber. Nicht. Mehr", keucht der Kunde wortweise.

Er ist mir nicht gefolgt, sondern steht japsend und schwitzend im Mittelgang.

Oh, Verzeihung, mein Fehler. Die Trainierenden schwitzen ja nicht, sie glänzen höchstens ein bisschen. Unsere Klienten sind auch niemals dick, nein, nein, das sind nur Pölsterchen oder es liegt an den schweren Knochen.

Klar, versteht sich doch von selbst.

„Doch, doch", versuche ich ihn aufzumuntern. „Sie schaffen das! Sie schlagen sich doch wirklich prima." Lüge. „Nur ein paar Wiederholungen und Sie haben einen Bizeps wie Arnold Schwarzenegger." Zweite Lüge. Bis das passiert, müssen mindestens hundert Jahre vergehen.

Statt Motivation sehe ich nur den puren Hass in seinen Augen.

Dann eben mit der harten Masche: „Auf!"

Endlich bequemt er sich. Mit einem teuflischen Raubtierblick schlurft er auf die Matte.

Ich stelle die Hantel mit dem richtigen Gewicht ein. „Also…"

Das Letzte, was ich spüre, ist, wie ich unter einer schweren Fünfzig-Kilo-Scheibe für immer begraben werde.

Menü á la Chris

Das grenzt schon fast an Stalking.

Wieso kann er mich nicht einfach in Ruhe lassen?

„Aber ich liebe dich doch so sehr."

Daniel akzeptiert einfach nicht, dass ich ihn damals abserviert habe. Er ist überhaupt nicht mein Typ, hat komische Weltansichten und… Nein. Es passt nicht. Wir sind einfach zu verschieden. Wie Sonne und Mond. Nicht kompatibel.

Aber seit diesem Tag vor Ewigkeiten, ruft er ständig an, schreibt Nachrichten und läuft mir wie zufällig über den Weg. Blockieren auf Social Media bringt nichts. Ich habe aufgegeben. Ist der eine Account gesperrt, existiert binnen vierundzwanzig Stunden ein neuer.

Heute: Ich bin mit meinem Freund Chris beim Einkaufen.

Genau vor einem Jahr sind wir nämlich zusammengekommen, und Chris hat mir ein ganz besonderes Menü versprochen. Denn wir passen ganz hervorragend zusammen. Das wird bestimmt lecker. Chris kocht fantastisch wie ein Sternekoch.

Aber erst muss ich Daniel loswerden.

„Lass mich doch bitte in Frieden", bettle ich. Diese ganze Nummer nervt höllisch. Und Angst macht er mir auch ein wenig. Nervös suchen meine Augen nach Chris.

„Hey, was ist denn hier los?" Es kommt, wie es kommen muss. Als Chris Daniel entdeckt, verdunkelt sich seine Mine schlagartig. „Du schon wieder", knurrt er.

Ich befürchte, die Tomaten in seiner Hand werden gleich platzen und sich zu Passata verwandeln, so fest wie er sie drückt.

„Verdammt, hau bloß ab und halt dich von meiner Freundin fern!" Chris kann nicht nur gut kochen, er sieht auch gut aus, vor allem stark, kräftig und muskulös und Daniel verschwindet tatsächlich fürs erste zwischen den Regalen. „So ein Psycho."

Chris verfällt zurück in seine normale Haltung, die eindeutig weniger Brust-Raus beinhaltet.

Den ganzen Weg zur Kasse hält er den Arm um meine Hüfte.

„Wo willst du hin?", heule ich. Ich habe es mir gerade so gemütlich gemacht, aber er schlüpft zurück in seine Schuhe.

„Oh, verdammt, Honey, ich habe das Fleisch vergessen. Ich gehe nochmal los."

„Lass mich nicht zu lange allein."

„Niemals."

Ich bleibe in der Wohnung zurück.

Erst nach einer geschlagenen Stunde kommt er zurück, aber die Warterei hat sich gelohnt: Erst einen kleinen Tomatensalat mit Feigen und Dill, dann Nudeln mit Hackbällchen und zum Dessert ein fluffiges Schokosoufflé. Ich freue mich ja schon, wenn Chris dann seinen ganz besonderen Nachtisch im Bett verspeisen wird…

Wir sitzen über dem Hauptgang und spachteln gemeinsam die Spaghetti aus dem Topf. Im Hintergrund läuft Musik und ich vergesse beinahe, dass wir in unserer winzigen Küche sitzen und nicht in einem französischen Restaurant in Paris während unserer Flitterwochen.

„Ach, Chris, das schmeckt köstlich", lobe ich ihn. Die knusprig gebratenen Frikadellen sind ganz zart, gut gewürzt und auf den Punkt genau durch. „So was Gutes habe ich ja noch nie gegessen. Welches Fleisch ist das denn?"

„Doch, doch, das kennst du, ganz bestimmt."

Wir erwischen dieselbe Nudel und kommen uns immer, immer näher. So romantisch. Ich bin Susi und Chris ist Strolch. Er küsst mich lang und lächelt dann.

„Das Fleisch da", er deutet zum Topf. „Das war Daniel."

Das Parfüm

„Erschlagen, ganz klar."

Für diese erste Diagnose werde ich keinen Mediziner kommen lassen. Scherben liegen auf dem Boden und das Opfer, ein gedrungener Mann mit Bart und blonden Haaren, hat eine blutige Wunde an der Schläfe.

Jones' Gingerbeer. Das Etikett der Tatwaffe fliegt auch noch in diesem Chaos herum.

Na, hoffentlich war die Flasche leer, denke ich, *Wäre schließlich schade um den guten Inhalt.*

Ich beuge mich vor. Als Inspektor habe ich schon unzählige Leichen gesehen, der Anblick schockiert mich nicht mehr.

Die Leiche trägt ein enges Shirt und die bulligen Arme sind entblößt. Irgendwie ahne ich, dass dieser Kerl ein Stressmacher war. Ich werde die Datenbanken nach seinem Namen überprüfen lassen. Oscar Davies. Vermutlich sind mehr Leute erleichtert als bestürzt über seinen Tod. Ja, zugegeben, ich neige zu Spekulationen.

Bis auf das Blut ist der Körper unversehrt.

Ich schnuppere und bin dann beruhigt. Das Bier war leer. Kein Hauch von Ingwer liegt in der Luft, dafür aber ein starker Duft von Parfüm. Blumig, süß und intensiv.

„Lassen Sie den Tatort sichern und schicken Sie die Frau so schnell wie möglich für eine Aussage zu mir ins Büro", weise ich Constable Foster an. Das ist das tolle am

Inspektor-Dasein. Ich kann Befehle geben, wie ich will, ohne mich rechtfertigen zu müssen. „Und bringen Sie uns dann einen Tee, ja? Keine Milch, zwei Stück Zucker.“

Ein dunkler Raum. Ein Tisch, zwei Stühle. Ich knipse die Lampe an und richte den Strahl direkt in ihr Gesicht. „Sie sind die Mörderin.“ Fall gelöst.

Quatsch!

So ist das nur im Film.

„Hallo, schön, dass Sie da sind. Setzen Sie sich doch.“

Die Dame vor mir ist wunderhübsch und zittert am ganzen Leib. Ihre Augen sind gerötet, aber nicht so verquollen wie man es nach dem Tod des eigenen Ehemanns vielleicht vermuten würde.

„Sie brauchen keine Angst zu haben, das ist nur eine Routinebefragung dazu, wie Sie den Tag erlebt haben“, erkläre ich dem Nervenbündel vor mir. „Niemand verdächtigt Sie.“

Wie könnte man auch, bei diesem Körper… Nein, hör auf, jetzt ist Professionalität gefragt!

„Also, erzählen Sie doch mal. Was ist passiert?“

Mrs Davies schluckt. „Ich war spazieren“, sagt sie leise. „Alleine. Im Park.“

„Das ist äußerst gefährlich für eine Frau wie Sie.“ Als Beamter ist es meine Pflicht, sie darauf hinzuweisen.

„Ich habe keine Angst“, erwidert Mrs Davies. „Nichts da draußen kann so schlimm sein wie…“ Sie räuspert sich. „Wie gesagt, ich ging noch eine Runde um den Block und war dann gegen elf Uhr wieder daheim in der Wohnung. Die Tür stand sperrangelweit offen, Glas war überall verstreut und Oscar lag tot vor mir.“

Sie zieht die Nase hoch und ich runzle die Stirn.

„Aber an der Tür waren gar keine Einbruchsspuren", lenke ich ein.

Das bringt sie ein bisschen zum Stottern. „Vielleicht hatte der Mörder ja einen Schlüssel."

„Ja, vielleicht." Ich lasse das mal kommentarlos so stehen und nippe stattdessen an meinem Tee. Hm, ich glaube, Constable Foster hat nur einen Zucker untergemischt. Das muss ich ihm also noch beibringen. „Wie war die Beziehung mit Ihrem Mann?"

„Ganz normal, denke ich."

„Das heißt?"

Normal ist so ein Triggerwort für Kriminalisten.

Normal. Was ist schon normal? Ein leidenschaftlicher Sadist findet Folter und Totschlag wahrscheinlich auch *normal.*

„Eine normale Ehe eben. Natürlich, man streitet sich manchmal, aber…"

Ihr Ärmel ist heruntergerutscht und entblößt ihren nackten Unterarm. Blaue und grüne Flecken. Mir kommt ein furchtbarer Gedanke. Ja, Mr Davies war ein Stressmacher.

Mrs Davies' Augen flackern nervös. „Inspektor, bitte." Sie beugt sich bis nur wenige Zentimeter vor meiner Nasenspitze vor und packt mein Handgelenk. „Ziehen Sie keine voreiligen Schlüsse."

Ich rieche ihr Parfüm. Blumig, süß und intensiv.

Ich verstehe sofort.

„Keine Sorge, Mrs Davies, ich kümmere mich darum."

Constable Foster wartet vor dem Befragungsraum. Ich drücke ihm die leere Tasse in der Hand.

„Unschuldig", sage ich. „Eindeutig. Sie war es nicht."

Bist du das nächste Opfer?

Völkermord, jawohl!

Das ist es.

Ich habe die Entwicklung genau beobachtet: Am Anfang waren wir noch eine starke Truppe. Elf stattliche Burschen, genau siebenhundertzwanzig Gramm schwer. Eine geschlossene Einheit. Wir gegen den Rest der Welt.

Aber schon bald ging es los. Die ersten beiden verschwanden. Es waren die Kleinsten, die Schwächsten und Mickrigsten. Diejenigen, die professionelle Killer eben mal so nebenbei wegsnacken.

Ihr Ableben belastete uns schwer. Mit diesem Eingriff in unser intimes Privatleben änderte sich auch die Mentalität. Wir lebten lange in ständiger Todesangst, aber lange passierte einfach nichts.

Doch gerade, als die Sorgen und der Trauer schon beinahe vergessen waren, kam der nächste Angriff. Diesmal verschwanden auf einen Schlag gleich drei und unsere Anzahl verringerte sich auf sechs.

Jetzt brach blanke Panik aus.

Wen würden sie als Nächstes holen? Wer sollte ihnen noch zum Opfer fallen?

Das besonders Schockierende daran war, dass es drei Kräftige erwischt hatte. Das Gesetz der Nahrungskette „Die Kleinen zuerst" galt ab heute wohl nicht mehr.

Ich war nervös wie nie. Mein Herz pochte mir bis zum Hals und ich wagte kaum noch abends zu Bett zu gehen.

Wie lange hatte ich noch bis zu meinem Ende?

Wieder verging die Zeit. Jeder weitere Tag im Ungewissen setzte uns zu, aber nahm auch die Angst. Völlig paradox, ich weiß, aber in so einer Ausnahmesituation kann nicht alles logisch sein.

Vampire können ewig in eisigen, dunklen Räumen leben.

Über uns Essiggurken sagt man dasselbe. In kaltem Wasser und im hintersten Eck des Kühlschranks verstaut halten wir ein ganzes Leben ohne Schrumpeln oder Hüft-OP. Wenn das bei euch Menschen doch auch so einfach wäre…

Ein Jahr ist nun seit dem ersten Angriff auf unser Volk vergangen. Mittlerweile wiegen wir nur noch läppische dreihundertzweiundsiebzig Gramm. Eine Schande ist das!

Die Tür öffnet sich und das Licht geht an.

Studien unseres klügsten Kameraden haben ergeben, dass die beiden Gemetzel auch so begonnen haben. Mehrmals am Tag, und zuweilen auch bei Nacht, halten wir also die Luft an und bangen, ob sie nach uns greifen werden.

Die braunen Augen sind gierig und suchen die Fächer ab.

Bitte, lass es nur ein Fehlalarm sein.

Gemüse? Käsewürfel? Eine Scheibe Salami? Oder einen Joghurt vielleicht? Soll sie sich ein Rührei machen? Wie lange hält die Marmelade eigentlich noch?

Nein.

Sie findet, was sie will.

Leider.

„Nimm doch die Wurst, nimm doch die Wurst!",
schreie ich, aber die Hand langt nach dem Glas.

Unserem Glas.

Der Deckel wird aufgeschraubt und die Gabel entscheidet über ihr nächstes Opfer.

Ich. Ich werde ausgewählt.

Adieu, liebe Freunde.

Heute sterbe ich.

Frühjahrsschmutz

Ja, ich lese tatsächlich Zeitung. Ich bin noch von der alten Schule und stehe dazu. E-Paper kann ich gar nicht leiden, auf dem Handy-Display ist der Text viel zu klein und es ist einfach ein klasse Gefühl, sich beim Frühstück durch die Nachrichten zu blättern?

Ich trage Morgenmantel und Schlappen. Die Kaffeemaschine heizt gerade auf, unterdessen stecke ich die Weißbrotscheiben in den Toaster. Brot mit Butter, Honig und Käse. Jeweils auf verschiedenen Scheiben, natürlich. Das ist ein echter Kickstart in den Tag.

Vor Sonnenaufgang hat es noch geregnet. Der unfähige Austräger hat die Zeitung nicht richtig in den Briefkasten gesteckt. Obwohl, *gestopft* trifft es besser. Die Hälfte der Seiten ist jetzt pitschnass und völlig verknickt. Anscheinend kein Presseliebhaber. Wahrscheinlich bloß ein Student mit Geldproblemen. Ich lege sie zum kurzen Trocknen auf die Heizung.

Ah, der Toast ist fertig und, argh, verflixt heiß! Mit Teller, Tasse und halbfeuchtem Zeitungsblatt sinke ich an den Küchentisch. Ich bin ganz offensichtlich die menschgewordene Verkörperung des Wortes Prokrastination. Denn eigentlich sollte ich etwas anderes tun. Eigentlich.

Der Frühjahrsputz steht an. Im Winter hat sich einiges an unnötigem Gerümpel angesammelt,

Weihnachtsgeschenke der Verwandtschaft inklusive, und alles ist einfach gedankenlos auf dem Speicher gelandet.

Ich lasse mir länger Zeit als nötig. Jeder Bissen wird zelebriert, jeder Schluck langsam und mit Bedacht getrunken, bis der Kaffee schon nach der Hälfte kalt ist. Ich lese die Sportnachrichten, den Feuilleton und sogar die einzelnen Werbeanzeigen, obwohl die mich eigentlich gar nicht interessieren. Aber immerhin kenne ich jetzt die Telefonnummer vom Kanal-Kenny auswendig, sollten meine Rohre jemals verstopft sein.

Doch irgendwann hilft alles nichts mehr. Ran an den Schmutz!

Ich klappe die schmale Stiege zum Dachboden aus der Decke und klettere die Stufen nach oben.

Unter dem Dach ist es stickig und heiß. Nichts erinnert daran, dass es draußen teilweise noch Minusgrade hat und erst allmählich die Sonne wieder ihre Kraft findet.

Wie ich gesagt habe: Ich stehe vor einem Haufen halbherziger Habseligkeiten.

Es stinkt bestialisch. Fliegen schwirren herum, ich kann kaum atmen.

Ich betrachte das Chaos und seufze. Das wird bestimmt Stunden dauern.

Geschirr, das ich nie benutzt habe. Eine Kiste voller Klamotten, die ich nie getragen habe. Eine Lampe in Fischform, die ich nie angeknipst habe und noch vieles mehr.

Ich beginne bei der Kleidung. Die bringe ich später bei Oxfam vorbei, womöglich tue ich der Welt dann etwas Gutes. Irgendwo auf dieser Welt gibt es doch bestimmt einen Menschen, der sich nach einem grünen Pullover mit rosa Bärchen sehnt, oder? Bei Interesse bitte melden.

Die alten Möbel müssen auch raus. Mit großer Kraftanstrengung schiebe ich einen massiven Holztisch beiseite. Ihm fehlt ein Bein und die Tischplatte ist zerkratzt. Ein Ledersessel, aus dem schon das Polster quillt, wird ebenfalls auf dem Sperrmüll landen.

Ich stoße auf ungelesene Bücher und ausgeblichene Playboy-Magazine. Die werde ich behalten. Wenn es nächsten Winter wieder eine Energiekrise gibt und die Heizkosten ins Unendliche steigen, lassen sich diese noch gut verfeuern.

Ich scheuche einen Schwarm Insekten von einem Wandschrank fort. Holzwürmer haben hier gearbeitet und ihre Löcher gegraben. Der Griff fällt ab, als ich danach greifen will. Ich öffne und sofort kippt der Schrankinhalt heraus.

Charlie.

Mein Exfreund.

Herrje, den hatte ich ja wirklich vollkommen vergessen. Das erklärt mir jetzt auch den furchtbaren Gestank.

Altlast, die ich eben auf den Speicher geräumt habe.

Mal überlegen, wie lange lag er wohl da drin? Am siebenundzwanzigsten Januar haben wir uns getrennt, zwei Tage später ermordete ich ihn und heute ist der erste März. Hoppla, etwas mehr als einen Monat nun.

Ich kratze mich am Kopf. Die Wohltätigkeitsshops werden ihn wohl nicht annehmen.

Aber die Müllabfuhr vielleicht?

Dreck am Stecken

Glaub mir, irgendwann gewöhnt man sich an den Geruch. Meine Nasenschleimhäute sind schon so verätzt, dass ich den Kompost, die Katzenkacke und Käserinden gar nicht mehr rieche.

Die einzige Ausnahme sind Babywindeln. Die stinken immer.

Heute ist Biomüll-Tag. Die umweltbewussten Leute trennen ihre Abfälle und haben die Tonnen rausgestellt. Ein Glück, dass der Hochsommer für dieses Jahr schon vorbei ist. In der Hitze schwitzende Essensreste sind wahrlich kein Fest für die Riechkolben.

Unser Mülllaster hält an, ich springe vom Mitfahrboard und packe an.

Die erste Tonne ist geleert.

Die zweite Tonne ist geleert.

Die dritte Tonne… Bah, igitt. Der rostige Henkel bricht just in diesem Moment durch und ein schöner Schwall aus Gemüseschalen, Obstkernen und schimmliger Wurst ergießt sich auf den Asphalt. Mit ein paar Griffen schmeiße ich die Sauerei händisch hinterher. Ich trage ja Handschuhe.

Aufspringen, weiterfahren, weitermachen. Der Zeitplan ist äußerst knapp bemessen. Am liebsten würde uns die Stadtverwaltung noch vor Sonnenaufgang wieder von den

Straßen verbannen, damit wir Verkehr und Fußgänger nicht blockieren oder das idyllische Landbild zerstören, doch dieser Wunsch ist reine Utopie. Einfach unmöglich.

Menschen essen. Viel. Und Menschen produzieren Müll. Auch viel.

Selbst wenn die Gleichung *eine Tonne = eine Sekunde* gelten würde, dann bräuchte ich trotzdem immer noch…

Ach, egal, ich bin Angestellter bei der Müllabfuhr und kein Taschenrechner.

Der nächste Block. Eine lange, lange Straße mit vielen Häusern und vielen Tonnen.

Aus dem Müll der anderen lässt sich sehr viel mehr lernen, als du vielleicht glauben willst.

Besonders an Weihnachten, wenn nach der Bescherung die ganzen leeren Kartons vor den Türen landen. Haushaltsgeräte, Spielzeug, Klamotten. Meinem Sohn würde es bei diesem riesigen Lego-Angebot die Sprache verschlagen.

Komm, spielen wir doch ein kleines Spiel: Gurken- und Karottenschalen, Linsenkonserven und Apfelbutzen.

Na? Na?

Ist doch einfach: Ein veganer Haushalt.

Und was ist mit alten Pizzarändern im Müll?

Logisch, hier wohnt ein Psychopath. Der Rand ist doch schließlich das Beste.

Ich greife nach einem Sack.

Mensch, ist der schwer! Ist darin wohl ein ganzer Berg Kartoffeln verrottet?

Wie ein Weihnachtspaket ist er verschnürt.

Ich will das Bündel mit nach hinten in den Wagen werfen, als auf einmal das Plastik reißt und mir ein Arm entgegenschwingt.

Richtig gelesen.

Ein Arm!

Angeekelt lasse ich das Päckchen fallen.

Ein Menschenarm ist das.

Langsam reiße ich die Folie Stück für Stück weiter auf.

Ein toter Mann lächelt mich an und mir wird schlagartig übel.

Leiche, Sack, Schnur.

Schlussfolgerung: Ein Mörderhaushalt.

Aber wenigstens sollte er ordnungsgemäß entsorgt werden.

Rache ist süß

Ich habe gute Augen. Ja, trotz Brille. Meine Gläser sind geputzt und ich sehe alles glasklar. Natürlich weiß ich ganz genau, woher die zwei Lausebengel so urplötzlich diese lila-weiß-karierte Packung gebrannter Mandeln herhaben.

Geklaut.

Von meinem Süßigkeitenstand auf dem Wintermarkt.

Drei Mal haben sie es schon getan und immer mit derselben Masche. Unverschämtheit!

Glauben die denn wirklich, das bemerkt keiner?

Die Jungs, ich nenne sie mal passenderweise Max und Moritz, kommen immer zu zweit. Während dann der eine äußerst intensiv und aufmerksam die Auslage inspiziert und mich mit Fragen zu den Inhaltsstoffen löchert, stibitzt der andere eine Tüte. Es endet mit einer Ausrede wie *Sorry, kein Geld* oder *Sorry, bin vegan* und sie verschwinden wieder. Die Beute im Gepäck und ein Grinsen im Gesicht. Aber nicht mit mir!

Ich werde dem Spiel ein Ende setzen und ihnen eine Lektion fürs Leben erteilen. Unartige Kinder müssen bestraft werden! Es hat sich ausgemandelt!

Und ich weiß auch schon ganz genau, wie ich das anstelle…

Da hinten sind sie ja wieder.

Ich sortiere gerade frische Erdbeer-, Trauben- und Bananenspieße mit Schokoladenüberzug in die Theke ein. Vollmilch, Weiß und Zartbitter. Die Schoki ist noch ein bisschen flüssig und lauwarm. Hm, der Holzspieß gäbe bestimmt eine herrliche Waffe ab.

Betont unverbindlich, so, als kämen die beiden nur rein zufällig hier vorbei, schlendern Max und Moritz auf meine Bude zu. Sie gucken rechts, sie schauen links und bleiben sogar einmal vor einem anderen Stand stehen.

Nein, nein, nein, mich täuscht ihr damit nicht! Ich glaube kaum, dass euch Korkuntersetzer und gefütterte Mokassins wirklich interessieren.

Sie wollen naschen. Aber diese Sucht nach Süßem werde ich ihnen gleich versalzen.

Okay, heute bequatscht mich also der Braunhaarige.

„Ähm, Entschuldigung? Ist in diesem Lebkuchenherz...?"

Ich unterbreche ihm, noch bevor er Gluten, Eier, Butter, Farbstoff oder Milch sagen kann.

„Möchtest du und dein Freund vielleicht ein Päckchen Mandeln?"

Sie sind perplex. Max guckt mich verwundert wie ein Karpfen an und Moritz zieht seine Hand zurück, mit der er gerade genau nach diesem Angebot greifen wollte.

„Was?"

Am professionellen Langfinger-Pokerface müssen sie aber noch arbeiten.

Ich wiederhole mein Angebot. „Eine Packung gebrannte Mandeln für euch zwei?"

„Ähm, äh, ja. Klar." Verdattert nehmen sie die Papiertüte an.

„Ein Geschenk des Hauses." Ich lächle breit und gnädig. „Es ist schließlich bald Weihnachten. Fest der Liebe."

Mit einem verwirrten „Danke" irren sie davon. Sie können immer noch nicht glauben, dass ich ihnen ihr Diebesgut einfach so überlassen habe.

Ich ordne einen Karamellapfel um. Jetzt heißt es abwarten und Glühwein trinken…

Die Sanitäter rennen in Richtung Karussell.

Ich rupfe etwas Zuckerwatte von meinem Stab und sehe ihnen hinterher.

Zwecklos, grinse ich, *Ihr kommt längst zu spät.*

Die Mandelmörderin wird man niemals finden!

Wie eine Flasche leer

Ich schrecke hoch. Kerzengerade richte ich mich auf. Ist das denn zu fassen? Schon wieder! Mit einem Satz springe ich aus dem Bett und hechte zum Fenster.

„Sweetheart, schlaf weiter", nuschelt meine Frau, doch mit Ruhe ist es bei mir längst vorbei.

Meine Augen spähen in die Dunkelheit. Da ist er ja!

Es gibt Regeln. Manche sind sehr sinnvoll, andere eher nicht. Tempolimit auf der Autobahn, Ernährungsvorschriften oder abzuleistende Wochenstunden, das braucht wirklich keiner. Schlangestehen, Förmlichkeit und Ruhezeiten dafür aber schon.

Meine Familie und ich wohnen in einem kleinen Haus am Rande der Stadt. Direkt vor der Haustür führt eine Straße entlang, aber die ist kaum befahren und kein echter Störfaktor. Auf dem Gehweg, wieder nur zehn Meter entfernt, stehen außerdem drei Altglascontainer. Braun, weiß, grün. Deutlich sichtbar und beinahe selbst für Blinde lesbar, klebt da auch ein großer Zettel.

Einwurf nur werktags
7.00 - 20.00 Uhr

Das ist doch eine klare Ansage, oder? Täglich dreizehn Stunden Zeit, um sein Leergut wegzubringen, ausgenommen Sonntag. Das sollte wirklich irgendwie machbar sein.

Trotzdem gibt es da diesen einen Kerl, der es scheinbar nicht gebacken bekommt, innerhalb der vorgegebenen Zeiten sein Glas wegzubringen. Meine Kinder klagen und auch ich bin völlig zermürbt. Der Tag hat vierundzwanzig Stunden. Wieso muss er denn ausgerechnet um vier Uhr morgens zum Container pilgern?

Jetzt könnte man natürlich zu Recht sagen: *Hab dich nicht so. Wie oft wird das schon vorkommen?*

Aber du wirst lachen, denn es passiert tatsächlich alle drei Tage. Der Mann scheint einen unstillbaren Appetit nach Roter Bete, Selleriesalat, gezuckertem Obst, Olivenöl und Cornichons zu haben, noch dazu eine immer trockene Kehle mit Verlangen nach Spirituosen. Alle drei Tage beginnt es bei stockfinsterer Nacht vor unserem Zuhause scheppern.

Aber das hat jetzt ein Ende!

Es geht einfach nicht länger. Die Kinder müssen in ein paar Stunden zur Schule und auch ich muss früh raus zur Arbeit. Wild entschlossen schlüpfe ich in meinen karierten Morgenmantel und ein Paar Hausschuhe und tapse die Treppe hinunter.

„Dad, ich kann nicht einschlafen", klagt mein Sohn und reibt sich müde die Augen. „Da draußen macht jemand Lärm."

Ich lächle ihn beruhigend an. „Keine Sorge, Luke. Papa macht das schon."

Wir sind eine normale Familie mit einem normalen Verbrauch an Konserven. Mal etwas Apfelmus zu Pfannkuchen, Marmite, Oliven oder Mixed Pickles. Meine Frau liebt ja diesen fermentierten Kohl, Kimchi heißt das, und ab und zu bringe ich ihr einen aus dem Reformhaus mit.

Alles noch in Maßen und wirklich kein Vergleich zu dem irren Konsum des Wahnsinnigen vor meiner Türe.

Obwohl der Container ja echt nur einen Katzensprung von uns entfernt ist, stapeln sich auch in unserer Küche einige leere Gläser. Ich klaube sie ein und stecke alle in eine Tasche. Nur eine große Saftflasche behalte ich in der Hand.

Er ist immer noch beschäftigt. Ganz gelassen zelebriert er seine Ruhestörung. Einmal *Klirr!*, dann warten bis der Klang verhallt ist. Wieder *Klirr!*. Das kann man Stunden lang spielen.

„Na?", rufe ich ihm so zu, als wäre es das Normalste der Welt, sich um vier Uhr bei Dunkelheit an der Altglasabgabe zu treffen. „Ist ganz schön spät, oder?"

Der Kerl zuckt nur mit den Achseln. Die Straßenlaterne wirft ihr kümmerliches Licht in seinen Beutel und ich entdecke, dass er noch sieben Teile einzuwerfen hat. Sauerkraut, Lemon Curd und Maiskölbchen. Ein richtiger Einmach-Junkie.

„Eigentlich gibt es ja geregelte Zeiten dafür."

„Tja." Dem Typ scheint wirklich alles egal zu sein.

Ich gehe auf ihn zu, die schwere Flasche fest im Griff. *Klirr!* macht es, aber diesmal auf einem Hinterkopf. Das Glas zerbarst in tausend Scherben und der Mann geht zu Boden.

Gemütlich sortiere ich mein und sein Leergut ein und verziehe mich dann zurück ins Haus.

„Wo warst du?", murmelt meine Frau verknittert, als ich mich wieder zu ihr ins Bett kuschle. Die Matratze quietscht und ich gebe ihr einen Kuss auf die Stirn.

„Altglas wegbringen", antworte ich ihr und schließe die Augen.

In dieser Nacht schlafe ich so tief wie nie.

Real Life

Puh! Jetzt nur noch ab auf die Couch und die Glotze anschalten. Jede meiner Körperzellen schreit nach Erholung. Die ganze Woche habe ich gepaukt und öden, blöden Lernstoff wie ein USB-Stick ohne Limit in meinem Gehirn abspeichert.

Aber für heute ist es genug.

Liebe Bachelor-Arbeit, du musst warten. Wer hart arbeitet, muss auch ausruhen.

Ich plumpse aufs Sofa. Die Instantnudeln brauchen noch zwei Minuten. Ramen mit Gemüsewürze von MAMA. Mit echter Mama-Küche hat das natürlich nicht viel zu tun: Geschmacksverstärker, Palmöl und Zusatzstoffe. Aber billig und schnell gemacht. Bei einer Studentin mit zwei Nebenjobs stehen Gesundheit und Genuss eben erst hinter Preisleistung und Praktikabilität an.

Ich nehme die Fernbedienung und zappe durch die vielen verschiedenen Sender. Nachrichten, Fußball, nee, nee, nee. Halt, das sieht ja spannend aus.

Nenn mich zurecht einen Psychopathen, aber ich stehe ja voll auf diese Krimis und Horrorstreifen. Wenn's gruselig, spannend und blutig wird, dann habe ich am meisten Spaß. Im Film natürlich nur, keine Sorge.

Ich nehme meine Nudelschüssel auf den Schoß.

Auf dem Bildschirm läuft wohl so ein Thriller. Zwei bullige Typen verprügeln gerade schließlich eine Person, die einen Sack über den Kopf gezogen hat. Es ist dunkel, eine Gasse vermutlich, zwischen Mülltonnen und Blecheimern. Mal sehen, was noch kommt. Ich bin offen für alles, Hauptsache keine Komödie.

Hm, eine ungewöhnliche Kameraperspektive ist das. Sie wechselt nicht und ich sehe wie das dritte Auge von oben bei dem Geschehen zu. Wie eine Überwachungskamera. Aber so eine Technik ist ja heutzutage ganz modern.

Übel, wie die den Armen da so zurichten. Ich bin ja immer wieder beeindruckt, wie authentisch die Stuntdarsteller doch sind. Und man merkt ja wirklich keinen einzigen Unterschied. Schade, dass dann doch trotzdem immer die Promis die Lorbeeren ernten.

Oh, huch. Was ist denn das?

Der eine hat auf einmal ein Messer in der Hand. Cool, eine überraschende Wendung.

„Wenn du nicht sagen willst, wie du an diese Informationen gekommen bist, dann…"

Er wird doch wohl nicht…?

Doch, er tut es.

Schneidet dem Opfer einfach so die Kehle durch. Blut spritzt zu allen Seiten weg, wie bei einem geplatzten Gartenschlauch.

Puh, ein bisschen mulmig wird mir ja jetzt doch. Ganz schön brutal… Wieso zensieren die das nicht? Bestimmt ein Film ab achtzehn.

Ganze zwei Minuten sehen wir ihm beim Ausbluten zu. Hallo, wieso gibt's denn da jetzt keinen Zeitraffer?

Eine riesige Lache bleibt auf dem Boden zurück.

Interessante Inszenierung, ich bin ja gespannt, wie's weitergeht und wer die Muskelpakete denn in Wahrheit sind.

Das Bild wird schwarz.

„Nein!", schreie ich.

Ausgerechnet jetzt! Im entscheidenden Moment muss gerade das passieren. Meine Online-Vorlesungen für die Hochschule finden ja immer mit bestem Empfang statt. Einfach ungerecht, aber es hilft nichts.

Sender nicht mehr verfügbar.

Grumpf! Dann zappe ich eben weiter…

Was?!

Entsetzt lese ich am nächsten Morgen die Schlagzeile in der Zeitung: Journalist verprügelt und ermordet – Die Polizei sucht nach Zeugen.

Ich überfliege den Artikel: Gestern Abend, erst entführt, dann geschlagen, Sack über dem Kopf, Kehle aufgeschlitzt…

Ich zähle eins und eins zusammen.

Das war kein Film, realisiere ich erschrocken, *Das war echt.*

Live.

Real Life.

Reality TV.

Ich habe bei einem echten Mord zugesehen.

Mir wird schrecklich übel. Meine Beine geben unter mir nach, dann werde ich ohnmächtig.

Nicht für die Schule, sondern fürs Leben lernen wir

Argh! Ich soll schreiben und kann einfach nicht.

Blöde Englischlehrerin und noch blödere Hausaufgabe! Ich muss einen Aufsatz schreiben. Eine Krimikurzgeschichte.

Ich stöhne und greife neben mich in die Kekspackung. Eine Energiespritze für die Gehirnleistung.

Mit Schokoglasur und Krümeln im Mund nehme ich seufzend den Stift in die Hand.

Gut. Erstmal die berüchtigten W-Fragen:

Wer?

Der Täter? Eine Schülerin, schreibe ich.

Das Opfer? Eine olle Englischle… Nee, nur eine x-beliebige Lehrerin.

Wie?

Hm, Schüler haben nicht viele Möglichkeiten ihre Lehrer umzubringen. Aber das Wörterbuch ist schon ganz schön schwer. Wenn ich ihr das auf den Kopf haue…

Also, die Tatwaffe steht fest. Das Oxford Dictionary.

Und wie genau?

Ja, ich werde sie erschlagen. Am besten von hinten, wenn sie gerade ihre Tasche packt. Sie hört doch eh so schlecht und wird es gar nicht erst bemerken, wenn ich mich anschleiche.

Wo?

Natürlich in der Schule. Nach der letzten Stunde an einem Freitag, wenn niemand mehr da ist und das Wochenende schon mit Party und Freizeit lockt.

Wer bleibt schon freiwillig eine Sekunde länger als nötig in dieser schrecklichen Lehranstalt?

Genau. Niemand.

Klasse, die Frage *Wie?* ist damit auch direkt beantwortet.

Fehlt also nur noch das *Warum?*.

Mein Motiv. Äh, das Motiv der rein fiktiven Schülerin natürlich. Aber da fällt mir gleich auf Anhieb viel ein: Eine schlechte Klausurnote, ein unangekündigter Test… Oder wie wäre es mit viel zu vielen lästigen Hausaufgaben?

Ich überfliege noch einmal meine Notizen.

Also: Freitagnachmittag, nach dem letzten Gong. Die anderen sind längst weg, nur ich habe mir länger Zeit gelassen. *Nie mehr wieder Hausaufgaben*, denke ich böse. Gedichtinterpretationen, Shakespeare und Aufsätze sind alle passé. Die Leiden der jungen Schülerin haben endlich ein Ende.

Ich komme ihr immer näher. Leise, ganz, ganz leise.

Ihr dunkelroter Schopf ist direkt vor mir. Sie verstaut das Mäppchen in ihrer Tasche.

Niemals wieder etwas Schreiben müssen. Herrlich, ein Traum!

Ich schlage mit dem Buch auf sie ein, so lange, bis sie sich nicht mehr rührt.

Sein oder nicht sein? Dieses Dilemma ist gelöst.

Wird es nächsten Freitag geschehen?

Wer weiß, wer weiß…

Im Taxi des Todes

Schlotternd stehe ich mit meinem Koffer in der Kälte vor dem Bahnhof. Erst hatte mein Zug Verspätung und dann ist auch noch die Anschlussverbindung ersatzlos gestrichen worden, sodass ich dreimal von einer Bahn zur nächsten hüpfen musste, um letztendlich nach fünf Stunden Reise hier am Hauptbahnhof anzukommen.

Aber gleich ist es geschafft. Nur noch fünfzehn Minuten Fußweg bis Nachhause. Ja, ich könnte laufen und diese bewusste Entscheidung dagegen, ist nicht sehr ökologisch von mir, zugegeben.

„Taxi!", rufe ich und hebe die Hand.

Doch als alleinstehende Frau weiß man nie, wer dort in der nächtlichen Großstadt alles so lauert. Vergewaltiger, Rüpel und Entführer. Darüber darf man gar nicht genauer nachdenken. Außerdem ist mein Gepäck auch viel zu schwer.

Ein schwarzes Auto hält vor mir.

„Wo soll's denn hingehen?"

„Lawn Row."

„Dann steigen Sie mal ein."

Wie unhöflich, wundere ich mich stumm, während ich meinen Koffer zwischen den Beinen mit auf der Rückbank verstaue. *Nicht mal ausgestiegen ist er.*

Der Wagen kullert mit Schrittgeschwindigkeit vom Platz.

Ich lehne den Kopf gegen das Fenster. Tropfen prasseln an die Scheibe. Sehr vorrausschauend von mir, denn im Taxiinneren ist es kuschelig warm. Aus dem Radio dudelt ganz leise Musik. Ach, wie sehr ich mich auf mein gemütliches Bett freue.

Der Fahrer reiht sich in den laufenden Verkehr ein. Häuser, Bars und Menschen ziehen an mir vorbei.

Ich kenne diese Stadt wie meinen Augapfel. Mein ganzes Leben habe ich hier verbracht. Die Kindheit in der Nordstadt, die Ausbildung in einer Firma im Westen und jetzt bin ich näher zu meiner Arbeitsstelle in einen Ostbezirk gezogen. Nur die Südstadt ist mir fremd, doch wer will dort schon wohnen?

Die Läden sind vertraut und ich weiß, dass wir gleich am Firefighter Memorial vorbeikommen werden. Bei Dunkelheit ist es immer so wunderschön beleuchtet. Ich wische das beschlagene Fenster mit dem Ärmel frei, um diesen Anblick auf keinen Fall zu verpassen.

Hoppla.

Irritiert presse ich meine Nase ans Glas und scanne die Umgebung mit wachsamen Augen.

Ich dachte, ich würde die Restaurants und Kneipen kennen, doch mit Schrecken muss ich das komplette Gegenteil feststellen. Hier bin ich ja noch nie gewesen.

„Ähm, Verzeihung", räuspere ich mich. „Wo genau sind wir denn?"

„Merchant Road", kommt es von vorne und in meinem Kopf beginnt es zu arbeiten.

Merchant Road, Merchant Road, Merchant Road…

Dabei ist der Weg vom Bahnhof bis zu meinem Apartment doch ganz einfach: Erst geradeaus, bei der zweiten Ampel links, nochmal scharf links und dann die ganze lange Straße entlang, bis zur letzten Hausnummer. Die Merchant Road kommt auf dieser Route nicht vor.

„Lawn Row, ja?", wiederhole ich meine Adresse. Womöglich gibt es hier ja nur ein kleines Missverständnis.

„Ja, ja. Schon klar."

Kein Missverständnis also.

Unbemerkt ziehe ich mein Handy aus der Manteltasche und rufe einen Stadtplan auf.

Da erkenne ich das Muster.

Ein Blick aufs Taxameter bestätigt meinen Verdacht. Bereits jetzt kostet die Fahrt mehr als üblicherweise. Ich kann es nicht fassen. Der Typ will einmal um das ganze Viertel fahren!

„Anhalten!", rufe ich. „Sofort!"

„Aber wir sind doch noch gar nicht da."

Das ist mir egal. Lieber schleppe ich mich durch Wind und Wetter, als am Ende bettelarm zu sein.

„Halten Sie an!"

Meine Bitte bleibt unerhört. Der Fahrer tritt aufs Gas. Ich muss agieren, wenn ich nicht im Nachhinein mit meiner goldenen Uhr pfänden will.

Anders als bei vielen Taxen hat dieses hier keine Schutzscheibe zwischen dem Chauffeur und den Passagieren. Pech für ihn, als ich meinen Schal hervorzerre, dem Wahnsinnigen von hinten um den Hals lege und mit aller Kraft zuziehe.

Der Fahrer verreist das Lenkrad, wir rasen über die Fahrbahn, das Auto kommt ins Strauchel und Wanken, doch ich halte eisern fest. Eher riskiere ich mein Leben als den Inhalt meiner Brieftasche. Andere Verkehrsteilnehmer hupen wie blöd, weil sie dem schlangenlinienfahrenden Wagen ausweichen müssen.

Als der Mann tot ist, rutscht sein Fuß vom Gaspedal und das Taxi legt eine Vollbremsung hin. Zum Glück habe ich meinen Sicherheitsgurt getragen und bleibe dadurch unversehrt. Das kann man von dem Verrückten auf dem Vordersitz ja nicht behaupten.

Empört greife ich meinen Koffer, angle mir den Schal von vorne zurück und steige aus. Die glotzenden Passanten kann ich ignorieren, denn ich bin stinkwütend.

Jetzt werde ich eine halbe Ewigkeit durch den Regen laufen müssen.

Wehe, ich fange mir dabei auch noch eine Lungenentzündung ein!

Schwarz und Weiß

Stell es dir vor: Du stehst auf einem Schlachtfeld. Neben und vor dir sind deine Kameraden. Ein paar von ihnen sind schon tot. Den Pöbel zerfetzt der Feind zuerst, aber eigentlich will er den König, ganz eindeutig. Das wollen wir ja schließlich auch.

Du bist nur eine der mittelständischen Figuren in diesem Spiel. Du bist zwar wichtig, aber letztendlich doch nicht wertvoll genug. Eine Leiche auf dem gepflasterten Erfolgsweg der Konkurrenten. Wenn es hart auf hart kommt, so wird man dich opfern für das größere Wohl.

Hast du dieses Bild und eure Rolle auch gut vor Augen?

Gut, denn jetzt weißt du, in welcher Situation ich mich gerade befinde. Voller Erregung starre ich zur Seite des Gegners und harre der kommenden Dinge.

Sie rücken aus. Die Schlacht ist seit einer knappen Stunde voll im Gange. Nur noch Vereinzelte sind übrig. Ich bin dicht am Feind und jetzt sogar noch näher.

Mein König schickt mich vor. Das halte ich für keine gute Idee.

Ein Dorftrottel der Verfeindeten steht mir schräg gegenüber. Zornig sieht er herüber.

Bitte nicht, flehe ich stumm.

Doch, er tut es und rammt mir seine Spitzhacke voll ins Herz. Ich falle um und bleibe geschlagen auf dem schwarzweißen Boden liegen.

Morgen ist ein neuer Tag, eine neue Schlacht und für mich vielleicht sogar mit neuem Glück. Morgen geht alles wieder von vorne los.

Denn eine Schachfigur lebt und stirbt ihr Leben lang.

Netflix and Kill

Es ist der schlimmste Tag des Jahres. Der vierzehnte Februar. Valentinstag.

Alles ist rosarot und herzförmig, alle knutschen und laufen händchenhaltend durch die Gegend. Ekelhaft! Keinen Atemzug kann ich mehr nehmen, ohne dass mir ein Fetzen Herzkonfetti in die Nase flattert. Vor lauter Liebe wird man ja beinahe blind!

Am Morgen auf dem Weg zur Arbeit habe ich noch einen kurzen Stopp beim Bäcker eingelegt.

Erst beim Warten auf den Cappuccino und ein Schokocroissant ist mein Blick auf die Auslage gefallen. Schrecklich: Herzen aus Mürbteig, Donuts in Herzform und sogar belegte Brötchen mit herzförmigem Scheiblettenkäse.

Mit verkniffener Mine habe ich nach meinem Kaffee im pinken Becher gegrapscht.

Made with Love.

Im Office dann der nächste Ärger: Kollege Lewis hat Engelsflügel wie Armor auf dem Rücken und verteilt Muffins mit glitzernden Streuseln. Am liebsten hätte ich ihm das ganze Blech aus der Hand geschlagen.

Willst du mein Valentin sein? Bitte ankreuzen: Ja? Nein? Vielleicht?

Unbeantwortet wandert der Zettel in den Papierkorb. So eine Frechheit!

Irgendwann bin ich dann endlich daheim.

Ich war die Letzte im Büro. Alle anderen wurden von ihren Partnerinnen und Partnern abgeholt und für ein verträumtes Date ins Restaurant gekarrt. Widerlich! Wo andere dahinschmelzen, kann ich nur stöhnen. Mir fehlt einfach diese romantische Ader.

Ich lasse mich erschöpft aufs Sofa fallen.

Mein Leben ist gleichförmig und öde: Arbeit von Montag bis Freitag, dann zwei Tage Wochenende. Ich habe keinen Mann und kein Haustier. Normale Einrichtung in der kleinen Zweizimmerwohnung. Eine Couch, ein Tisch, ein Stuhl, ein Besteckset, ein Bett, ein Glas und eine Pfanne. Standard.

Das einzig Besondere ist vielleicht die Axt, die mir mein Daddy zum letzten Weihnachtsfest geschenkt hat.

„Jede Frau braucht eine Axt", sagte er.

Na gut, jetzt lehnt das Spaltwerkzeug eben als entzückende Deko in der Ecke.

Ich schenke mir ein Gläschen Wein ein.

Jeder Tag endet so: Jogginghose, Essen, Netflix and Chill. Manchmal denke ich, ein bisschen Abwechslung täte mir gut. Ich weiß, andere gehen zur Kur, um sich von Stress zu erholen, ich selbst bräuchte vermutlich eine Auszeit aus der Alltagspause.

Such dir einen Freund. Bist du immer noch Single?

Ist Nervenkitzel denn wirklich nur mit Liebe möglich? Dann verzichte ich dankend.

Ehrlich, solo zu sein stört mich nicht.

Im Gegenteil. Es ist ein Segen.

Ich kann verreisen, wohin ich will. Ich kann die Filme und Serien sehen, die ich sehen will. Ich kann zu Bett gehen, wann ich will, und dann fummelt auch kein anstrengender Typ mit überhohem Testosteronspiegel an mir herum. Ich kann essen, was ich will.

Mein Magen knurrt. Apropos Essen: Ich habe Hunger!

Zum Kochen fehlt mir die Motivation. Das heißt dann wohl Lieferservice.

Pizza wäre toll, überlege ich und greife zum Hörer.

„Ristorante Mamma", meldet sich eine Stimme. „Ihre Bestellung, bitte?"

„Hallo, ich hätte gerne eine Pizza Tonno. Groß und ohne Oliven."

Oliven sehen aus wie Wanzen.

„Tonno XXL, keine Oliven", wiederholt er meine Order. „Alles klar, in dreißig Minuten ist sie da. Ihre Adresse?"

Wer radelt so spät durch Nacht und Wind? Er kommt wirklich wie gerufen. Ich erkenne ihn schon von Weitem durch das Fenster. Die grellorangene Jacke ist aber auch kaum zu übersehen.

Es klingelt. Ich drücke auf den elektrischen Türöffner. *Sirr!* und *Summ!*. Ist doch eh klar, wer es ist.

Stufe für Stufe schleppt er sich die Treppe nach oben. Ich höre das Stapfen seiner Schritte. Seine Lunge rasselt noch von der Fahrradfahrt und der Schweiß steht ihm auf der Stirn. Ob er einen kleinen Aufpreis verlangen wird? Vierter Stock und nicht mal ein Aufzug. Wahrscheinlich, gerechtfertigt wäre es.

Ich empfange ihn mit der Axt in der Hand.

Er kommt kaum noch zum Schreien, als die Klinge auf ihn herunterrast. Erst bin ich beeindruckt, wie stark meine Arme vom Training im Studio doch sind, aber nach zwei Schlägen geht mir dann doch die Kraft aus.

Ich habe ihn getötet. Einfach so.

Enttäuschenderweise war es nicht mal ansatzweise so aufregend wie erwartet gewesen. Schade. So eine Verschwendung.

Der Pizzakarton liegt neben der Leiche. Ich hebe ihn auf und öffne ihn.

Geschieht ihm doch ganz recht, lächle ich verächtlich und sehe auf den toten Lieferdienstfahrer.

Pizza Tonno, groß, ohne Oliven, aber mit Käse und vielen Zwiebeln. So weit, so gut.

Es ist der Teig. Verdammt, lässt einen die Liebe denn nie in Ruhe?

Eine herzförmige Pizza! Wo soll das noch enden?

Ein 1A-Geschäftsmodell

Schlimm genug, dass Großvater tot ist, nein, jetzt müssen wir, die Trauernden, auch noch seine Beerdigung organisieren.

Ich sitze gemeinsam mit meinem Partner, meinen Eltern und meiner Tante auf einer Couch im Bestattungsinstitut Peaceful Rest. Schön, dass Grandpas Tod wenigstens dazu geführt hat, dass wir nach der Eskalation am letzten Familienfest wieder miteinander reden können

„Gut, lassen Sie uns zuerst die Basics klären", sagt Mr Corbyn, der Leiter des Unternehmens und Totengräber sozusagen. „Feuer oder Erdbestattung?"

„Urne!", ruft Dad.

„Sarg!", kreischt meine Tante.

Während die Geschwister sich streiten, sehe ich mich mal genauer im Raum um. Der Boden ist aus Holz, doch die Möbel sind alle weiß. Irgendwie komisch, hier heiratet schließlich niemand. Andererseits würde sich schwarz in schwarz wohl zu bedrückend anfühlen. Im Hintergrund entdecke ich große Vasen mit hellen Rosen und auf dem Tisch vor uns steht neben einer Taschentuchpackung eine kleine Glasschale mit Zitronendrops.

Dieses ganze Drama nervt mich tierisch. Ich brauche dringend etwas Süßes. Meine Hand schnellt nach vorne.

„Alles wird gut, Schatz."

Mist. Clive hat gedacht, ich bräuchte Zärtlichkeit statt Zucker, und fädelt seine Finger in meine.

„Okay, okay", unterbricht Mr Corbyn das Gezanke. „Das können wir auch noch später klären. Vielleicht eine andere Frage: Wann soll die Beisetzung denn stattfinden?"

„Na, so schnell wie möglich", findet Dad.

„Auf gar keinen Fall vorm nächsten Sommer", krakelt Tante Kirsten und damit fängt das ganze Geschrei wieder von vorne an.

Ich werfe meiner Mutter einen vielsagenden Blick zu. Sie denkt dasselbe. Von Geschwisterliebe ist bei diesen beiden Streithähnen so viel vorhanden, wie Wasser in einem Sieb.

Ich seufze.

Opa würde sich im Grabe umdrehen. Wenn er denn schon eines hätte. Aber ich glaube, selbst in hundert Jahren werden wir hier nicht zu einer Einigung kommen. Das ist wirklich schade und eigentlich auch richtig albern. Wir sind doch alle mündige Erwachsene und sie führen sich auf, wie kleine Kinder á la *Du hast gefurzt!, Nein, du!*.

Großvater hat ein Leben lang versucht, seine Kinder zu versöhnen. Ohne Erfolg, wie man sieht. Die beiden fetzen sich wie Hund und Katze.

Am vergangenen Weihnachtsabend ist es aus dem Ruder gelaufen. Ohne hier ausufernd zu werden und alle Details zu nennen, mein Dad verließ die Festlichkeiten mit dunkelbrauner Gravy-Soße im Gesicht. Nicht mal bis zum Dessert hat die vorgegaukelte Freundlichkeit angehalten, dabei hätte es Rote Grütze mit Vanilleeis gegeben.

„Oder haben Sie sich schon Gedanken darüber gemacht, wo er begraben werden soll?" Mr Corbyn gibt wirklich sein Bestes.

„Wir verschütten seine Asche im Meer", schlägt Dad vor und ich nicke eifrig. „Unser Vater war schließlich bei der Marine."

Tante Kirsten schnaubt abfällig. „Ist ja wieder typisch für dich", ätzt sie. „Klar, dass du dich nicht um die Grabpflege kümmern willst, sondern die ganze Angelegenheit schnell hinter dich bringst."

Ich stöhne und greife jetzt doch nach den Süßigkeiten. *Oh, meine Nerven, oh, meine Nerv…*

Mir bleibt der Bonbon wortwörtlich im Halse stecken. Irgendetwas stimmt hier nicht.

„Babe, was ist?" Clives Stimme höre ich nur noch wie aus der weiten Ferne. „Hallo, kannst du mich hören?"

Mein Körper verkrampft und ich sacke in mich zusammen. Der Drops ist gelutscht.

Ich bin tot.

Brilliant, oder? Eine wirklich ausgebuffte Strategie von diesem Bestattungsinstitut, alle Achtung.

Gift in der Zitronennascherei.

Da nimmt es jemand mit der Kundenbindung aber wirklich ernst!

Ein Tag im Leben eines Mörders

Der Wecker klingelt. Normalerweise bin ich Langschläfer, aber heute habe ich viel vor. Der frühe Vogel fängt den Wurm. Und genau das will ich auch. Einen dicken Wurm fangen. Naja, so ungefähr. Ich will einen Menschen ermorden.

Meine Tod-O-Liste liegt auf dem Tisch. Ja, das ist schon richtig so. *Tod-O* nicht *To-Do*. Auf diesem ziemlich langen Streifen Linienpapier stehen all diese Namen. Leute, die ich hasse. Personen, die ich umbringen will. Nach und nach begehe ich meine Taten und streiche dann mit einem selbstzufriedenen Lächeln durch.

Wer ist denn eigentlich heute dran?

Ah, ja. Gilbert Sallow.

Mr Sallow und ich hatten eigentlich nie viel miteinander zu tun. Man kennt sich, man grüßt sich, aber man spricht nicht. So eine lockere Bekanntschaft eben. Ich weiß kaum etwas von ihm, nur, dass ihm seine Prostata ganz offensichtlich eine Menge Probleme bereitet. Schließlich kauft er immer kiloweise Kürbiskerne, die sollen doch angeblich helfen.

Okay, vielleicht knuspert er sie auch einfach am liebsten vor der Glotze, aber das kann ich mir bei bestem Willen wirklich nicht vorstellen. Kürbis statt Popcorn oder

Lakritzschnecken? Da müsste es sich ja echt um einen ausgemachten Psychopathen handeln.

Genug zu Mr Sallow, doch wieso will ich ihn ermorden?

Wegen gestern. Im Supermarkt: Sallow ging, den Wagen randvoll mit Kürbiskram natürlich, in Richtung Kasse. Ich hatte nur eine läppische Packung Haribo. Mein Snack versus seinen Großeinkauf. Keine Frage, er drängelte sich vor und ich wartete eine ganze Viertelstunde, bis der Knacker die Kerne eingepackt und das Kleingeld auf den Penny passend abgezählt hatte.

Zu allem Überfluss verpasste ich deshalb auch noch den Bus nachhause und harrte frierend in der Kälte aus. Dann begann es, in meine Lakritztüte zu regnen und ich habe jetzt einen fetten Schnupfen.

Wenn das mal nicht genügend Mordmotive sind!

Ich putze meine Nase mache mir einen Kaffee. Meine Tatwaffe wird das große Messer sein. Eignet sich für einen saftigen Schinken oder einen blutigen Mord. Ich wickle die Schneide in ein Geschirrtuch, exe den Espresso und bin bereit für das Verbrechen.

Draußen geht gerade die Sonne auf. Der Himmel ist gelb-orange.

Ich verlasse mein Haus durch den Garten, das Messer nah am Körper. Mr Sallow wohnt ganz in der Nähe. Türchen aufsperren und ab auf die Straße. An einem Sonntagmorgen ist niemand unterwegs. Der Gottesdienst fängt erst später an.

„He, bleiben Sie mal stehen!"

Ich drehe mich um. Den Mann habe ich gar nicht bemerkt.

„Wohnen Sie da in diesem Haus?"

Nicken, gleichzeitig gewaltiges Muffensausen meinerseits. Jetzt bloß keinen Fehler machen und ja nicht verdächtig wirken.

„Name?"

„R-Ripper", antworte ich. „Jack Ripper." Mist, meine Unsicherheit ist mir deutlich anzusehen.

„Legen Sie die Waffe auf den Boden und schieben Sie sie mit dem Fuß zu mir!", schreit der Polizist. „Wir wissen alles, Sie irrer Serienkiller! Mr Ripper, Sie sind festgenommen!"

Stressfrei Sterben

Das Leben ist hart, die Arbeit ist härter, aber am schlimmsten sind meine Verspannungen.

Wusstest du, dass jeder dritte Erwachsene regelmäßig Rückenschmerzen hat?

Kein Wunder: Vorm PC kauern, schwere Einkäufe schleppen, wenig Bewegung, kaum Dehnung und dann daheim aufs Sofa lümmeln.

Alles schmerzt und zieht. Ich brauche eine Massage!

Auf wellnessdoc.com hat Healing Hands ganze viereinhalb Sterne. Toller Service, super Service. Das probiere ich mal aus.

Mein Termin ist gleich vormittags. Wie gut, lange halte ich die Schmerzen nämlich nicht mehr aus.

Eine Glocke bimmelt, als ich hineinkomme. Es riecht stark nach Vanille- und Kokos-Duftkerzen und meditative Musik spielt im Hintergrund. Ich habe das Full Body Relax Treatment gebucht. Passt perfekt, denn mein hektischer Alltag ist alles andere als relaxed. Die kleine Pause wird mich bestimmt erholen.

„Hallo, ich bin Ramon." Ein gut gebräunter Mann mit dunklen Löckchen und engen weißen Klamotten steht vor mir. Auf der rechten Wange hat er eine kleine Narbe. Heiß und verwegen sieht das aus.

Damit habe ich nicht gerechnet. Vielleicht hätte ich mich vorher doch nochmal rasieren sollen…

„Bitte ziehen Sie sich aus und legen sich dann mit dem Bauch hier auf die Liege."

Aber gerne doch!

Ich folge Ramon durch die Leinenvorhänge in ein Separee.

„Bin gleich wieder da."

„Lass dir nicht zu lange Zeit."

Er wirft mir einen scharfen Blick zu. Habe ich das etwa laut gesagt?

Ich entkleide mich und mache es mir gemütlich. Meine Augen sind geschlossen. Entspannungsmodus an.

Ramons Hände sind stark und kräftig und ein bisschen glitschig, als er sie in Öl taucht. Er beginnt unten an meinen Füßen und knetet sich den Weg hoch bis zum Nacken. Mal etwas sanfter, dann wieder fester. Das rechte Bein, das linke Bein und meinen Po. Meine Haut gleitet durch seine Finger wie Seide. Ich bin wie ein formbarer Pizzateig und Ramon ist der Bäcker, der mich liebevoll bearbeitet.

„Knoten wie bei einer Brezel." Er ist an meiner persönlichen Achillesferse angekommen. Dem Rücken. „Ist es gut so?"

Ich seufze zustimmend.

Mit Daumen und Zeigefinger fährt er an meinem Nacken auf und ab. Ich spüre die steinharten Versteifungen von viel zu vielen Stunden aufs Handy-Glotzen.

Gerade war es noch angenehm, doch dann verstärkt Ramon seinen Griff. Stechende Schmerzen ziehen mir in den Kopf. Das Relaxen ist mit einem Schlag vorbei. Er dehnt mich in die Länge und nach oben und nach unten.

Ich will etwas sagen, ihn nett und freundlich bitten, aufzuhören, aber noch ehe ich den Mund öffnen kann, ist es zu spät. Es knirscht einmal laut. Ein letztes Mal für immer.

Ramon überstreckt meinen Kopf nach hinten und bricht mir das Genick.

Tot wie Brot

Ich könnte ausrasten!

Grummelnd kloppe ich die verbrannten Hörnchen in die Tonne. Jetzt bin wieder ich im Stress, jetzt muss ich von vorne anfangen machen, die Kunden warten und sind unzufrieden und das alles nur wegen ihr: Aushilfe Amber.

Seit über siebenundzwanzig Jahren arbeite ich hier. Dieselbe Filiale, derselbe Ofen. Ich kenne das Sortiment in- und auswendig und weiß, wie was zubereitet wird.

Amber nicht.

Geringfügig beschäftigt legt sie eine äußerst lockere Arbeitsmoral an den Tag. Ist Schichtbeginn um fünf, dann kommt sie um kurz vor sechs und ihr Feierabend wird bereits eine halbe Stunde vor Ladenschließung eingeläutet.

Ein Minijob zum Kohlemachen. Das ist die Anstellung für sie. Mit so einer Haltung kann das doch nichts werden! Denn mini sind die Aufgaben in einer Bäckerei ja wahrlich nicht.

Amber ist noch jung und völlig grün hinter den Ohren. Ich misstraue ihr stark, denn ihrem dünnen Körperbau nach, hat ihr Magen schon lange kein ausgelassenes Butterbrot mehr geschmeckt. Und einen saftigen Plunder schon gleich zweimal nicht.

Sie hat im wahrsten Sinne des Wortes von Torten und Brezeln keine Ahnung. Kann Kümmel nicht vom Korn unterscheiden, verwechselt Salz und Zucker und ja, in einem Rosinenbrötchen sollten Rosinen auch wirklich drin sein. Ganz egal, was die Bäckerin persönlich über Sultaninen denkt.

Gebäck wird vergessen und das Eieruhrklingeln ignoriert, bis ich schließlich die kohlrabenschwarzen Bleche aus dem qualmenden Ofen fischen darf. Ist Amber da, arbeite ich zusätzlich für drei weitere Personen. Hätten sie statt ihr doch lieber einen Sauerteig eingestellt. Der richtet zumindest keinen Schaden an.

Aber Gejammer nützt mir nichts. Das ist eben mein täglich' Brot...

„Nein, nein, nein!" Schon wieder muss ich einschreiten, als Amber doch tatsächlich Gouda-Scheiben auf den fertigen Käsekuchenboden legen will. „Das macht man doch mit... Aaaah!"

Mit einem Satz hechte ich zum Ofen. Der Rauch ist schwarz und dick und brennt mir in den Augen. „Sieh nur, was du angerichtet hast!"

Sie hätten perfekt sein können. Baguettes. Schön, lang und gerade geformt, aber jetzt verbrannt wie Leichen bei einer Einäscherung.

„Die sind ja hart wie ein Brecheisen."

Ich taste sie ab. Kruste lässt sich das nicht mehr nennen. Die Brotstangen sind massiv wie Marmor. Echter Marmor, so wie Säulen, nicht der Kuchen.

„Hier." Ich drücke Amber das Blech in die Hand.

Sie schreit auf.

Ups, sie trägt ja keine Backhandschuhe. Mein Mitleid hält sich in Grenzen und ich lächle.

„Entsorg die Dinger im Müll und mach neue", raunze ich. „Ich kümmere mich um den Kuchen."

Scheibenkäse in einem Käsekuchen!

Das hat die Welt noch nicht gesehen, denke ich.

Vielleicht hätte ich mir ein Baguette schnappen und Amber ermorden sollen.

Etwas Hartes trifft mich mit Wucht auf den Hinterkopf.

Mensch, da spiel mir doch einer das Lied vom Brot!

Amber hat wohl dasselbe gedacht. Sie ist mir zuvorgekommen.

Du?!

Gerade hatte ich es mir so schön bequem gemacht, als es ausgerechnet jetzt an der Türe klingelt. Grimmig öffne ich. Wer stört?

„Hi."

Beinahe falle ich vor Schreck in Ohnmacht.

„Darf ich reinkommen?" Er wartet gar keine Antwort ab, sondern marschiert einfach so an mir vorbei. „He, freust du dich denn gar nicht, mich zu sehen?"

Hm, naja, berechtigte Frage…

Ich hatte einen Bruder.

Gabriel.

Hatte, weil er vor fünf Jahren spurlos verschwunden ist. Einfach so, von heute auf morgen kam er abends nicht mehr vom Basketballtraining heim. Normalerweise wären wir zusammen dort gewesen, aber weil ich mir eine doofe Lungenentzündung eingefangen hatte, blieb ich zuhause im Bett. Gabriel trainierte allein und wurde nicht wieder gesehen.

Wir schicken ihm erst Nachrichten aufs Handy. Dann riefen wir alle seine Freunde an. Es hätte ja gut sein können, dass Gabriel bei jemand anderem übernachtete.

Irgendwann informierten Mum und Dad die Polizei.

Vermisst, hieß es erst und *Tot* dann später. Die Ermittler hatten eine nicht identifizierbare Jungenleiche im Wald gefunden und ihre Beschreibung traf leider haargenau auf Gabriel zu.

Obwohl es schlimm war, war ich erschreckenderweise auch erleichtert. Die Wochen der Ungewissheit waren sehr viel qualvoller, als letztendlich vor dem Grab zu stehen, denn jetzt wusste ich wenigstens, wo Gab war.

Jahre ist das schon her.

Und jetzt steht Gabriel, mein Gabriel, plötzlich so einfach bei mir vor der Haustür. Ist das zu fassen?

Überraschung und übermäßige Freude überkommen mich gerade gleichermaßen. Ich kann fast nicht glauben, dass das alles wirklich real sein soll.

„Ab auf den Bolzplatz?"

So viele Erinnerungen an früher prasseln wie Regentropfen auf mich ein. Dort haben wir in unserer Jugend den Großteil unserer Freizeit verbracht.

Ich lächle und nicke.

„Also los."

Ich weiß kaum, wo ich anfangen soll. Seit Gabs Verschwinden ist so schrecklich viel passiert. Soll ich ihn fragen, wo er war? Soll ich ihm von den vielen einsamen Stunden ohne ihn erzählen?

So viele Weihnachtsfeste, Geburtstage, Abendessen und Filmabende hat er verpasst. Er hat Leah, das Mädchen, das ich eine Zeit lang gedatet habe, nie kennengelernt und auch nicht mitbekommen, dass wir jetzt wieder getrennt sind.

Er weiß nicht, dass ich keine Star-Wars-Poster mehr an den Wänden kleben habe und genauso weiß er nicht, dass ich seit Jahren keinen Basketball mehr in die Hand genommen habe.

Aber Gabriel ist unverändert. Als wir den Bolzplatz erreichen, nimmt er den Ball aus seinem Rucksack und rennt los. Er dribbelt noch genauso wie damals. Ist cool, lässig und dynamisch. Trägt kurze, weiße Shorts und einen weiten XXL-Hoodie. Er wuschelt sich durch die schwarzen Haare und seine Augen blitzen.

In der Stadt hat man ihn Air Gabriel genannt. Gab wollte genau dieses Leben: Eine Profikarriere und in die große weite Welt hinaus.

Deshalb habe ich mit dem Basketball aufgehört. Ich konnte es nicht ertragen. Jeder Korb, jeder Rebound und jede müffelnde Sportsocke erinnerten mich an ihn. An meinen wundervollen Bruder.

„Shit, pass auf!"

Ich habe ihn eine Sekunde zu lange gedankenlos angesehen. Ich übersehe Gabs Pass und der Ball trifft mich mit einem lauten Boing! direkt im Gesicht. Autsch. Eine blutige Nase und ein Veilchen auf der Wange.

Gabriel kommt angelaufen und kniet sich zu mir. „Keine Sorge, das haben wir gleich." Er hält mir ein Taschentuch hin.

Erst jetzt spüre ich, wie sehr ich ihn wirklich vermisst habe. All die Jahre lang…

„Was ist denn mit deinem Gesicht passiert?" Mum schaut mich prüfend an.

Ich grinse strahlend und erzähle ihr von der fröhlichen Überraschung.

Ihre Augen werden traurig, sie nimmt mir den Ball aus der Hand und streichelt meine Schulter. „Och, Liebling."

Mum nimmt mich in den Arm. „Wie jedes Jahr an diesem Tag also? Gabriel hat heute seinen fünften Todestag, Schatz. Du warst alleine auf dem Bolzplatz. Er kommt nicht mehr zurück. Gabriel ist tot."

Meine Unterlippe zittert und ich beginne zu weinen.

Es war einmal…

Du kennst doch die Geschichte, oder?

Dieses alberne Lügenmärchen. Bestimmt haben dir deine Eltern davon berichtet, aber was wirklich passiert ist, weiß bis heute keiner. Ich habe genug. Ich erzähle dir jetzt die ganze Wahrheit.

Ja, tatsächlich, ich war im Wald spazieren. Das tue ich für gewöhnlich immer um diese Zeit.

Die Inflation treibt die Preise hoch, mein spärliches Geld reicht nur für eine einzige Mahlzeit am Tag und das Gehen vertreibt mir den Hunger. Sozialhilfe gibt es nicht.

Auf meinem Weg traf ich auf das kleine Mädchen. Es war herrlich peinlich angezogen. Karl Lagerfeld würde sich im Grab herumdrehen. Rotes Jäckchen, rote Mütze. Wie ein Fliegenpilz auf zwei Beinen. Ich kleide mich deutlich stilvoller, dennoch blieb ich sehr höflich und grüßte.

Das Mädchen sagte „Hallo."

Eine Bäckertüte hatte sie dabei. Mein Magen grollte wie auf Kommando. Für ein belegtes Brot, eine Breze oder etwas Plunder hätte ich töten können.

„Hast du dich verlaufen?", fragte ich. Es war mir schlicht schleierhaft, was ein Kind allein im Wald zu suchen hatte.

„Ich besuche die Oma", erzählte sie mir.

Ganz in der Nähe gab es eine wunderschön blühende Wiese und ich schlug dem Kindchen vor, der Großmutter doch einen hübschen Blumenstrauß zu pflücken. Aus eigener Erfahrung wusste ich, dass Omis mehr Taschengeld rausrücken, wenn man sie zuvor noch beschenkt hat.

Das Mädchen bedankte sich artig bei mir und lief in die besagte Richtung.

Ich spazierte auch weiter, doch diese Sache wollte mir nicht aus dem Kopf gehen. Meine eigene Oma hatte zu Lebzeiten ja immer die leckersten Speisen aufgetischt. Torten, Braten… Herrlich.

Es gab eigentlich nur ein einziges Haus, was in Frage kam. Dort wohnte tatsächlich auch eine alte Dame. War sie die Großmutter des Kindes?

Leute im Herbst des Lebens sind doch immer nett und großzügig, oder?

Vielleicht bekomme ich ja auch einen Happs zu essen, überlegte ich.

Was soll's, einen Versuch ist es wert.

Ich klingelte. Das Großmütterchen öffnete und ich erzählte ihr von meinem Treffen mit ihrer Enkelin. Daraufhin bat sie mich hinein. In der Küche roch es nach Frischgebackenem und ich setzte mich erwartungsvoll an den Tisch, wo bereits ein wundervoller Kuchen thronte. Saftig und süß. Zum Anbeißen.

„Nein, mit dem Anschneiden warten wir."

Wirklich schade, denn mir lief langsam schon das Wasser im Maul zusammen. Als die Dame dann doch mal kurz zur Toilette ging, konnte ich einfach nicht anders. Ich musste probieren!

Es war leckerer, als ich es mir in meinem schönsten Traum hätte erträumen können.

„Was ist denn hier los?"

Mein Kopf schnellte zur Tür. Die alte Frau schrie und schrie wie eine wilde Furie, als sie zurückkam und das große Loch im Teig bemerkte.

Ich wurde schrecklich wütend, also aß ich sie eben auf.

Ich war müde und legte mich zum Dösen in ihr Bett, doch zu allem Überfluss kam dann auch noch das Mädchen hinein. Natürlich, das Kind erschreckte sich so sehr, dass es plötzlich umkippte und mausetot auf dem Holzboden liegen blieb.

Da bekam ich es mit der Angst zu tun. Man würde bestimmt glauben, ich hätte sie getötet, dabei war es in Wahrheit doch der Schock gewesen. Das einzige wirklich sichere Versteck sah ich nur neben ihrer Großmutter: In meinem Magen. Und ein gutes Stück Fleisch lehnt schließlich niemand gerne ab, richtig?

Tja, das war sie. Die ganze echte Geschichte. Nein, kein Jäger, kein Aufschlitzen und so. Ich lebe noch.

Aber wem wirst du nun glauben?

Einem barbarischen Märchenbuch und diesem blöden Rotkäppchen oder doch mir, einem armen, einsamen Wolf, der einfach nur ein wenig hungrig war?

Oh, du Tödliche

Morgen Abend ist alles vorbei. Dann ist diese elendige Weihnachtszeit überstanden, alle Geschenke sind ausgepackt und ich kann die letzten Tage bis Jahresende noch in Frieden leben.

Heute ist der Vierundzwanzigste, Heiligabend, und das vorweihnachtliche Familienessen steht auf dem Programm. Seit Ewigkeiten schäle, schneide, püriere und rühre ich jetzt schon. Ach, und dieser blöde Santa Claus möchte dann ja auch seinen Lohn. Den Geldumschlag lege ich später bereit.

In unserem Dorf gibt es eine ätzende Tradition, dass sich jedes Jahr am Abend vor Weihnachten einer der betagten Männer als Santa verkleidet, um die Häuser zieht und Geschenke aus seinem Sack an die Kinder verteilt.

Vor zwei Jahren war ich dran, dabei bin ich weder richtig alt, noch habe ich einen Bart. Nur der Bierbauch ist realitätsgetreu, okay, da bin ich schuldig. Die Gemeinde ist nicht sonderlich groß, aber trotzdem war ich knapp vier Stunden unterwegs. Wirklich keine beneidenswerte Aufgabe, in dieser Kälte und womöglich noch bei Schnee.

Ich bin gespannt, welchen armen Schlucker sie für heute herausgepickt haben. Hoffentlich ist es nicht der alte Mann, der gegenüber von der Kirche wohnt.

Es passierte im Sommer. Meine Söhne und ihre Freundin Olivia spielten gemeinsam Fußball. Sie sind alt genug, deshalb waren meine Frau und ich auch nicht dabei. Der Schilderung unserer Kinder nach, kam dann auf einmal dieser Mann aus seinem Haus, völlig erzürnt darüber, dass dort vor seiner Türe mit dem Ball herumgetollt wurde. Lärmbelästigung und Ruhestörung. Nach einer Strafpredigt verschwand er schließlich wieder, aber, wie die Rotzlöffel eben so sind, sie hörten natürlich nicht auf.

Und hier kommt das Detail, an dem sich die Geister scheiden: Die Kinder sind felsenfest davon überzeugt, dass der alte Herr sie darauf mit einem Messer bedrohte.

Meine Frau und ich sagten mehrmals „Ihr wisst doch, dass ihr nicht lügen sollt", aber sie halten eisern an ihrer Version der Geschichte fest. Von meinen Jungs könnte so eine Albernheit schon kommen, doch von Olivia hätte ich das nicht erwartet.

Das Trio erzählte aber beinahe dem gesamten Dorf von ihrem Erlebnis und die Nachricht verbreitete sich wie ein Lauffeuer: Mr White bedroht unschuldige Kinder.

Das konnte ich nicht zulassen, schließlich war das ruchlose Rufschädigung. Ich schleppte die Bengel zu Mr White und forderte eine Entschuldigung. Sie nuschelten halbherzig „Sorry", aber der Blick des Mannes zeigte keine Vergebung.

Seitdem meide ich den Kirchenplatz.

„Wir haben Hunger, Hunger, Hunger, haben Hunger, Hunger, Hunger, haben Hunger, Hunger, Hunger und auch Durst!"

Als meine Kinder mich nach meinem Weihnachtswunsch gefragt haben, da habe ich „Ruhe und Frieden" geantwortet. Zwei richtige Rabauken wohnen unter diesem Dach.

Ich sehe nach der Vorsuppe. Fertig. Sechs Schüsseln, sechs Kellen, so, angerichtet.

„Das ist viel zu heiß", nörgelt der eine.

„Nee, das esse ich nicht, da ist ja Grünzeug drin", so der andere.

„Das ist Schnittlauch", murmle ich.

Kinder können schrecklich sein. Meiner Frau, ihren Eltern und mir schmecken die Klößchen in Brühe nämlich.

„Dad, ich mag das ni…" Ein lautes *Drrrrr!* unterbricht meinen Sohn.

„Das ist bestimmt Santa!" Sie springen auf und rennen zur Tür. „Santa, Santa!"

Der winterliche Besucher rettet mich vor einer Suppendiskussion. „Hallo, Kinder."

„Hallo, Santa."

Der Kostümierte ist in das typisch rote Gewand gekleidet, dazu einen Rauschebart im Gesicht und einen schweren Beutel über der Schulter. Darin sind die Zuckerstangen, Spielzeugautos, Püppchen und Schokoladentafeln, dabei hätten meine zwei Lauser ehrlicherweise nur die Rute verdient.

„Na, wart ihr auch schön brav?"

„Ja-ha", singen sie so zahm wie Lämmer im Chor.

Brav? Wer's glaubt wird selig…

„Da habe ich aber anderes gehört", sagt Santa.

Huch, wie bitte?

„Ich weiß sogar aus erster Hand, dass ihr dieses Jahr wirklich ganz, ganz unartig gewesen seid."

Als ich den Job damals machen musste, war der Text ja noch ganz anders: *Wart ihr brav? Gut, dann sind hier eure Geschenke.* Ende.

Santa greift in seinen Sack. „Deshalb bekommt ihr dieses Weihnachten auch nur das, was ihr euch verdient habt."

Er zieht ein Messer. Meine Frau schreit erschrocken auf, ihre Mutter verschluckt sich an einem Kloß.

„Erkennt ihr mich denn wieder?" Santa zieht sich den Bart vom Gesicht und mir fallen fast die Augen aus dem Kopf.

Ach, du heilige Weihnachtsgans! Es ist der alte Mann vom Kirchplatz. Mr White.

Er kommt langsam auf uns zu, nur ein einziges Ziel im Visier und ich weiß: Über Grünes in der Suppe werden wir ab heute nicht mehr diskutieren können.

Küchenkannibalismus

Du willst mich. Ganz klar, das sehe ich doch. Ich bin schließlich nicht blind. Mit lockerem Schritt und schwingenden Hüften bist du gerade an mir vorbeispaziert. Ein Blick zu mir und deine Augen begannen zu leuchten. Es ist schon spät und du bist hungrig.

Ich bringe mich schon mal in Form. Drapiere mich so, damit meine Rundungen auch bestens zu Geltung kommen.

Suchend schaust du dich um. Noch bist du unsicher.

Wie mache ich das jetzt?, fragst du dich, *Wie gehe ich die Sache an?*

Es gibt kein Rezept dafür. Deine Intuition ist hier gefragt.

Du gibst dir einen Ruck und gehst endlich auf mich zu.

Ich weiß, gleich wirst du mich nehmen. Zupacken, mit lüsternem Blick und wässrigem Mund.

Baby, heute gehörst du mir.

Deine Hände streichen sanft über meine Haut. Es braucht nun keine Worte. Du hebst mich hoch, ich hebe ab und fliege frei.

Dann schleuderst du mich auf die Küchenzeile und reißt mir das Plastik vom Leib. Ich röchle unter Wasser. Es

ist nur eine kurze Dusche, aber unsanft und völlig unerwartet. Du zögerst keine Sekunde lang. Die Klinge funkelt
silber-strahlend, geblendet durch die hereinscheinende
Sonne. Du greifst zum Messer und stößt es mir in die
Brust. Mein Kopf ist ja ganz nett, aber was du wirklich
willst, ist das Herz.

Du halbierst mich in der Mitte. Ich quietsche elendig
vor Schmerz, doch das interessiert dich gar nicht mehr,
deine Gier ist größer als das Gewissen. Du hackst auf mich
ein. In kleine Einzelteile zerlegt, wirfst du mich in eine
Schüssel. Gnade ist dir fremd.

Mein Schicksal erleiden auch noch Tomaten, Zwiebeln,
Paprika und Gurke.

Dein Abendessen. Das bin ich jetzt.

Ich bin zutiefst erschüttert. Enttäuscht von deiner
Herzlosigkeit.

Aus all den Salatköpfen in der Gemüseabteilung hast du
doch mich ausgewählt. Ich dachte, wir wären füreinander
bestimmt. Ein Herz und eine Seele. Unzertrennlich wie
Essig und Öl. Pah, von wegen!

Man sagt, Dressing ist dicker als Blut und das stimmt
auch. Du verschwendest keine Träne der Trauer an mich,
sondern futterst gleich los. *Knack, knack, knack.* Jedes Mal,
bei jedem Bissen. Ich verschwinde auf ewig in deinem
Darm.

Ein gemischter Salat war ich gewesen.

So köstlich, wie kannibalistisch.

Das letzte Abendmahl

Es ist Herbst. Sowohl in meinem Leben als auch in diesem Jahr. Deshalb freue ich mich auch sehr über ihre Einladung. Meine Schwester will endlich das Kriegsbeil begraben. Ein Streit um das Erbe unseres Vaters war der Grund dafür, dass wir monatelang nicht miteinander gesprochen haben, dabei sollten sich Geschwister in dieser Situation eigentlich unterstützen. Wir haben beide viel Böses gesagt und das bereue ich jetzt.

Die Angelegenheit ist zwar immer noch nicht genau geklärt, und eigentlich vergebe ich schneller als meine Schwester, doch trotzdem hat sie mir am Morgen diese Nachricht geschickt.

Hallo, ich weiß, es ist lange her, aber wir sollten die Sache vergessen. Schwamm drüber, sozusagen. Ich lade dich ganz herzlich ein, heute Abend bei mir zu essen. Ich freue mich auf dich! Liebe Grüße, Ava

Mit Blümchen in der Hand, gebügelter Bluse und gekämmten Haaren stehe ich also pünktlich um sieben Uhr abends vor Avas Haus. Meine Schwester hasst es eigentlich zu kochen. Dass sie es trotzdem tut, zeigt mir, wie wichtig ihr es ist.

Ich frage mich, wie sie wohl aussieht. Sechs Monate sind in unserem Alter schon eine lange Zeit. Mein Gesicht ist faltiger geworden, das Hüftgold zwei oder drei Kilo schwerer und bestimmt werden Ava auf einen Blick noch dutzend andere Veränderungen an mir auffallen.

Zwar war ich schon so oft hier, doch heute wirkt es fremd. Das letzte Mal stand ein Topf mit Gänseblümchen vor der Haustür, jetzt ist es ein Igel aus kleinem Porzellan. Ava passt ihre Deko stilvoll der Jahreszeit an.

„Danke, dass du gekommen bist."

Ich erkenne meine Schwester kaum wieder. Ein Danke aus ihrem Mund? Dieses Wort ging ihr nicht einmal über die Lippen, als Mum und Dad ihr das erste eigene Auto finanziert haben.

„Hier, für dich."

„Blumen? Oh, wie lieb von dir." Sie nimmt den Strauß. „Vielen Dank."

Danke. Schon wieder. Was ist hier los?

Ava lässt mich eintreten und bittet mich ins Wohnzimmer.

Sie hat umgeräumt. Ihr Sofa steht jetzt dort, wo der Tisch einmal war, und ein nigelnagelneues Trimmrad ist auch eingezogen. Das erklärt also ihre tolle Figur. Anders als ich hat Ava keine Aversionen gegen den schwedischen Möbelgiganten. Ihr Haus, ein Singlehaushalt plus Wellensittiche wohlgemerkt, ist hell und reinlich eingerichtet, mit Interior, das Brimnes oder Jättebo heißt.

„Setz dich ruhig, ich hole das Essen."

„Nein, nein, lass mich dir doch helfen."

Aus der Küche duftet es himmlisch.

„Anne, du bist der Gast. Ich gehe."

Völlig verblüfft setze ich mich. Was ist nur mit Ava passiert?

Ich erinnere mich noch sehr gut an eine Zeit in unseren Kindheitstagen, als ich spülen und aufräumen musste und meine Schwester keinen Finger rührte. Als Ältere habe ich meine Rolle als verantwortungsbewusste Familienvertreterin gelebt und Ava ihre als freche Faulenzerin. Liegt es an der Altersweisheit, dass sie jetzt plötzlich so verzaubert ist?

„Erinnerst du dich daran?"

Ich rieche erst und weiß dann sofort, was sie in der Hand hält, noch bevor ich es sehe.

„Es ist schließlich Herbstzeit."

Kaum zu glauben. In der Schüssel schwimmt eine cremige, braune Suppe. Pilzrahmsuppe nach Mums Rezept. Ava stellt den tiefen Teller vor mich und der wohlige Geruch des flüssigen Seelenwärmers strömt in meine Nase. Die Pilze, traditionell Pfifferlinge, Champions und Steinpilze sind stückig püriert und mit saurer Sahne angereichert. Ich erschnuppere Muskat.

„Das ist einfach zauberhaft", hauche ich.

Meine Schwester stellt einen Brotkorb in die Mitte und setzt auf die andere Seite des Tisches. „Das haben wir doch immer gegessen, wenn wir uns gestritten haben, weißt du noch?"

Sie hat recht. Gemeinsam aus einem Topf zu essen, glättet die Wogen.

„Vorsicht, heiß."

Ich lasse den Löffel wieder sinken. „Zum Glück ist das alles jetzt vergessen", sage ich. „Wer wie viel von diesem dämlichen Erbe bekommt, ist doch letztendlich völlig egal. Hauptsache, wir verstehen uns wieder."

Ava nickt und langt nach Brot.

Ich kann nicht mehr abwarten und probiere die Suppe.

Wie ist aus meiner kochmuffeligen Schwester denn ein solcher Gourmetkoch geworden? Hat sie in dem vergangenen halben Jahr wohl mehrere Koch- und Knigge-Kurse absolviert?

Ich bin positiv überrascht. „Wow, Ava, das ist ja fein." Meine Verwunderung darüber hört man deutlich raus.

Sie grinst stolz. „Das freut mich."

Ich huste. Da scheint wohl ein Pilz in meinem Rachen zu stecken. Mein Hals ist auf einmal ganz trocken.

„Die Pilze habe ich sogar selbst gesammelt."

„Wirklich?"

Ava nickt. Ihre eigene Suppe ist noch unberührt.

„Champions, Pfifferlinge und…" Sie stockt.

„Ja?", keuche ich. Ich schwitze aus dem Nichts.

„Und die besondere Zutat: Fliegenpilze."

Als ich in Avas irres Gesicht sehe, weiß ich, wieso sie heute so freundlich war.

Das war keine Einladung zum versöhnlichen Abendessen.

Das war meine Henkersmahlzeit.

Unfall oder Umzug?

Ich schwitze wie ein Schwein. Meine Arme zittern, meine Beine auch, aber wenn ich jetzt aufgebe, breche ich mir und meinem Kollegen Andy den Fuß.

Noch zwei Stufen.

Geschafft. Das Sofa steht.

„Auf, auf! Nicht einschlafen!" Unser Kunde klatscht drängelnd in die Hände. „Auspacken und dann weitermachen. Sie müssen schließlich die zehn Minuten Verspätung wieder reinholen!"

Das ist der schlimmste Auftraggeber seit langem. Ein Umzug vom Norden in den Süden der Stadt. Mit dabei sind natürlich all die so beliebten Essentials der armen Möbelpacker: Klavier, Trockner, Sofa und Standuhr. Der Flügel und die Couch stehen schon, eine Waschmaschine muss noch hier hoch.

Dachgeschoss. Kein Fahrstuhl, kein Kran. Nicht mal ein Glas Wasser will er uns anbieten.

Wir schneiden die Polsterware aus der dicken Schaumstoffhülle. Igitt, was ist denn das für eine Farbe? Sieht aus, wie das, was ich am letzten Samstag nach zu viel Alkohol und Bratwurst im Brötchen auf einer Party erbrochen habe. Andy denkt wohl dasselbe.

„He, was gibt's da zu grinsen? Messer weg und Stufen runter. Hop, hop! Oder soll ich in Zukunft meine Klamotten mit der Hand waschen?"

Das scheint eine rhetorische Frage zu sein. Dabei täte dem guten Herrn ein bisschen handwerkliche Arbeit wirklich nicht schlecht. Nennt sich *Kontakt mit dem echten Leben*. Aber Schaum- und Seifenflecken würden sicher seinen grässlich ockerfarbenen Anzug ruinieren.

Ja, manchmal wurmt es mich schon zu sehen, in welchen Prachtschlössern die Kunden zum Teil wohnen. Während ich in einer winzigen Ein-Zimmer-Wohnung hause, sperren sie ihre schalldichten Türen auf und setzen sich an einen reich gedeckten Tisch, nur, um sich dann über ihren völlig überbezahlten Akademikerjob zu beschweren. In welcher Welt ist das denn fair?

Ich richte mich auf. Eigentlich bräuchte ich jetzt eine Mittagspause. Aber die Wurstsemmel muss warten, wenn doch die Waschmaschine ruft.

Stufenzählen. Eine typische Kinder- und Umzugshelferbeschäftigung. Fünf multipliziert mit siebzehn. Fünfundachtzig.

„Und los!"

Wir packen die Waschmaschine von unten und wuchten sie hoch. Autsch, da zwickt's aber gewaltig. Irgendwann wird der Rücken den Geist aufgeben, das weiß ich genau. Die Bandscheibe wird es dann vermutlich sein.

Ich übernehme den unangenehmen Part. Rückwärts die Treppen nach oben. Stufe um Stufe geht es jetzt wieder zurück. Stufe um Stufe wächst die Wut in mir.

„Wir könnten ihm mit dem Cuttermesser die Kehle aufschlitzen", sagt Andy auf einmal.

„Ja, oder dieses Ding hier auf ihn werfen", erwidere ich.

Bitte nicht falsch verstehen, das überlege ich ehrlich nicht bei jedem Kunden.

Dann sind wir da.

„Auf drei?" Andy zählt runter.

Die große schwere Miele-Box landet auf dem Herrn und begräbt ihn unter sich. Wie eine Flunder: Platt.

„Waschmaschine ist angekommen. Job erledigt!"

Wir geben uns ein High-Five und hopsen beschwingt die Treppe hinunter.

Neues Jahr, Neuer Mord

Happy New Year!

Ich bin gerade erst aufgestanden, dabei ist es schon fast zwölf Uhr. Aber wer lange feiert, der muss auch lange schlafen.

Neues Jahr, neues Ich. Abnehmen, keinen Alkohol mehr trinken, Partner finden, mehr für die Uni tun und endlich mit dem Rauchen aufhören.

Hoppla. Ich drücke schnell die Kippe aus. Meine Vorsätze sollte ich wenigstens für zwei Wochen durchhalten.

Ich schaue aus dem Fenster. Der Garten sieht aus, als hätte dort ein Tyrann gewütet. Leere Bierflaschen, Böller und Knallerbsen liegen herum.

Seufzend greife ich zum Müllbeutel. Aufgeräumt und organisiert in einen ersten Januar.

Die Sonne scheint, doch trotzdem ist es eiskalt. Wenn ich ausatme, sehe ich meinen Atem in weißen Wölkchen nach oben steigen.

Meine Freunde und ich sind offensichtlich gut ins neue Jahr gestartet. Ich erinnere mich nicht mehr genau, aber der Anzahl der Flaschen nach zu urteilen, war es ein lustiger Abend. Gestern war Alkohol ja noch erlaubt.

Ich schmunzle. Ach, du meine Güte: Meine letzte Dusche war letztes Jahr!

Mir vergeht das Grinsen ad hoc, als ich mit meinem Turnschuh in etwas Weiches trete. Weich, braun und stinkend. Hundekacke.

Ich sehe zornig zum Nachbarhaus hinüber. Mr Robinson hat es also schon wieder getan.

Unser Nachbar war von Anfang an gegen unseren Einzug. Eine WG sei zu laut, zu dreckig und zu unreif, doch wir hatten das Rathaus auf unserer Seite, das sich ein junges, dynamisches Stadtbild wünscht und sich für die Studenten stark macht. Lange Rede, kurzer Sinn, das Haus gehört jetzt uns und das ist okay.

Mr Robinson hat diese Gegen-Seinen-Willen-Handlung bis heute nicht akzeptiert, dabei wohnen wir schon seit eineinhalb Jahren hier, sind still, respektvoll und feiern wirklich kaum.

Aber seit Tag eins scheißt unser Nachbar auf das Gebot der Bürgermeisterin. Wortwörtlich. Seinen Mops Bello schickt er nämlich fürs tägliche Geschäft auf unseren Rasen.

Natürlich haben wir uns beschwert, aber alles Reden nützt nichts. Liebe Bitten, böse Drohungen. Bello kackt munter weiter.

Ich bin zornig wie eh und je, als ich die versaute Sneakersohle betrachte. Nike wurde gerade neu designt: Von weiß zu braun.

Neues Jahr, neues Ich. Wieso nicht mal eine radikale Veränderung wagen?

Ich verlasse den Garten und gehe drei Meter weiter, um zu klingeln.

„Was willst…?" Ich lasse Mr Robinson nicht ausreden, sondern lege gleich meine Hände um seinen Hals und drücke zu. Er wird puterrot im Gesicht und röchelt, bis ihm endlich die Luft ausgeht. Der Köter steht daneben und guckt.

Ein toller Wachhund ist das, denke ich verbissen, fühle mich aber gleichzeitig auch ein bisschen schuldig, als er an der Leiche seines Herrchens herumschnüffelt. Er hat jetzt einfach niemanden mehr.

„Komm mit, Bello." Er folgt mir tatsächlich. So viel zum Thema *Treue*. „Ab heute lebst du bei uns und kackst in Mr Robinsons Garten."

Fahrerflucht

Hier wird sehr oft etwas vergessen. Meistens von Müttern mit Kindern, die über einer Tasse Cappuccino und einem guten Plausch nicht bemerken, wie das Stofftier unter den Tisch segelt. Wir sammeln die Dinge dann wie das dreckige Geschirr ein und bewahren die Fundstücke vier Wochen lang auf. Danach kommen sie weg. Wir sind schließlich ein Café und keine Herberge für verlorenen Krutsch.

Zurzeit liegen in der Kiste eine Baby-Rassel, ein einzelnes Söckchen, ein Schlüsselanhänger und ein Ring. Vermisst du vielleicht etwas davon?

Der Ring sieht eigentlich ziemlich wertvoll aus. Wenn ihn bis zum Ende des Monats niemand abholt, werde ich ihn mitnehmen, so schön ist er. Wer weiß, womöglich war der Typ doch nicht ihre große Liebe, das Paar ist längst getrennt und sie ist froh, nicht mehr mit dieser lästigen Fingerfessel herumlaufen zu müssen.

Wieder ist ein Tisch frei geworden. Hier herrscht ein ständiges Kommen und Gehen, darum muss ich auch allzeit konzentriert und aufmerksam bleiben. Denn Krümel auf den Stühlen oder Kaffeeflecken auf dem Holz will ja niemand haben.

Ich erkenne anhand seines benutzten Geschirrs sofort, was der Gast bestellt hat: Das Gewinnerfrühstück mit

Brötchen, Butter, Bacon und Ei und im Deal dazu einen Latte Macchiato. Im Brotkorb liegen Kürbiskerne, auf dem Teller klebt die gelbe Dotterschmiere, an der Messerspitze noch Butter und im großen Glas sind Milchschaumreste.

Ich staple alles auf mein Tablet und will mit dem Lappen ein paar Male herzlos wischen, bis ich dort auf der Sitzbank bemerke. Mit gerunzelter Stirn nehme ich die beiden Nummernschilder in die Hand.

FB01 XAA und *YR72 JEP.*

Sehr seltsam, doch ich denke nicht weiter darüber nach. Das Blech landet neben Socke und Ring in der Box, dann werde ich schon zum nächsten Kunden gerufen.

„Hallo?" Die Tür schwingt auf und ein Mann kommt zu mir. „Entschuldigen Sie, ich habe hier vorhin meine Autokennzeichen liegen lassen."

Ah, das ist der Brötchen-Butter-Bacon-Ei-Gast. Graue, kurze Locken, dünne Figur, schwarze Jacke.

„Sind die…?"

Ich gehe sie holen. Er ist sichtlich erleichtert, dass wir sie noch haben.

„Danke, danke, danke." Er drückt mir einen Fünfer in die Hand. „Für Sie", sagt er. „Als Aufwandsentschädigung."

Ich hänge meine Schürze an den Nagel und stopfe mir das Trinkgeld in die Tasche. In meinem Geldbeutel klimpert es ergiebig, als ich ins Auto steige. Im Radio läuft gerade der neuste Sommerhit aus den Charts.

„Achtung, Sondermeldung!" Ed Sheeran wurde direkt im Satz unterbrochen. „Soeben hat uns die Polizei eine Entführung mitgeteilt. Bei dem Opfer handelt es sich um den siebenjährigen Georgie Adams. Er trägt ein blaues T-Shirt, eine braune Hose und hat einen roten Rucksack bei sich.“

Kidnapping! Wie schrecklich!

Ich schüttle den Kopf.

„Zeugen beschreiben den Entführer als hager, grauhaarig und schätzungsweise gegen Ende fünfzig. Er trägt eine dunkle Jacke und hat den Jungen in ein blaues Auto mit dem Kennzeichen YR72 JEP gezerrt. Bei Tipps und Hinweisen melden Sie sich bitte bei der Redaktion unter…“

Ich reiße das Lenkrad wieder zur Seite. Beinahe wäre ich im Gegenverkehr gelandet.

YR72 JEP. Das hat der Moderator gesagt und mein Gedächtnis ist gut. Einen blauen Wagen mit diesem Nummernschild werden sie niemals finden. Nach *FB01 XAA* müssen sie suchen.

Mir wird ganz schlecht. Und er hat mich sogar bezahlt!

Nachts im Horrorhaus

Ihr Schreien ist Musik in meinen Ohren. Wenn sie wimmern, jammern, kreischen und sich vor Angst fast in die Hose machen, da bin ich am glücklichsten.

Nein, ich bin kein Kerkermeister oder Lehrer, ich betreibe bloß das Horrorhaus im Freizeitpark. Meine Attraktion gehört zu den besten des ganzen Landes und hat schon zahlreiche Preise gewonnen, die jetzt alle gesammelt mein Fensterbrett schmücken.

Die Besucher kaufen erst ein Ticket und werden dann von Frank zu ihren Wägen geleitet.

Frank, das ist mein Mitarbeiter, ist natürlich stilecht und passend zum Namen als Frankenstein verkleidet. Er sitzt morgens täglich eine Stunde vor dem Spiegel, um sich mit grüner Farbe und falschen Nähten zu verunstalten. Authentisch und gruselig. Genau wie es sein sollte.

Die Wägen sehen aus wie Särge mit bequemen Samtpolstern und verstellbarer Lehne. Halb sitzend, halb liegend kann es dann auch schon losgehen.

Alle Räume sind dunkel und alle Räume sind schauderhaft. Ich will nicht zu viel verraten, aber von Dracula über Horrorclown, Skelette, Mumien, bis hin zu Hexen ist alles dabei. Sie greifen nach dem fahrenden Sarg und den Insassen uns heulen und jaulen dabei. Den krönenden Abschluss macht natürlich unser Kettensägenmörder, der wie aus dem Nichts auftaucht und mit seinem Werkzeug die

Gäste bedroht, bis er erst haarscharf über ihren Köpfen stoppt.

Ich habe schon viele Tränen und viel Entsetzen gesehen. Nicht jeder ist eben für das Grauen geschaffen.

So, Endstation! Zeit, die Lichter zu löschen und nach Hause zu fahren. Spät genug ist es. Ich lasse die Jalousien herunter und sperre den Ticketverkauf ab.

Dann betrete ich das Horrorhaus. Die Särge fahren nicht mehr und alles ist ruhig. Den Vampiren und Hexen geht es gut. Den Mumien auch. Das Klopapier sitzt noch so, wie es soll.

„Hallo, Harold!", rufe ich und hebe den Arm.

Harold nenne ich unseren Horrorclown. Er trägt ein lustiges Kostüm mit Rüschen, bunten Pompons und übergroßen Schuhen, ist aber über und über mit Blut bespritzt. Seine Haare sind orange und die Schminke ist gespenstisch.

Vor kurzem musste ich ihn reparieren lassen, weil ihm irgendein durchgeknallter Gast ins Gesicht geschlagen hat, als er dem Sarg zu nahekam. Tja, Sachen gibt's…

Optisch erinnert mich unser Harold sehr an meinen ehemaligen Chef Mr Stevens aus der PR-Agentur. Das war, bevor ich mich selbstständig gemacht habe. Mr Stevens war auch der reinste Horror. Harold Stevens, so der volle Name. Deshalb also Harold der Horrorclown.

Den Skeletten fehlen keine Knochen, der Werwolf hat frischgeputzte Zähne und der dreiköpfige Hund ist zahm wie ein Welpe. Alles so weit in Ordnung.

Fehlt nur noch der letzte Raum.

Ich überquere den Friedhof und trete ein.

Es ist stockfinster. Die Wände habe ich mit schwarzem Tuch verkleidet, damit auf keinen Fall auch nur ein Funke Tageslicht hier hineinkommen kann. Die Leute sollen sitzen, warten, erwarten, sich ängstigen und wenn schließlich ihre Furcht vor der Überraschung abfällt, dann kommt das große Finale. Ein 1A-Schreckmoment.

Also, wo bleibt er denn, der Killer?

Ich drücke den Knopf rechts neben mir, mit dem sich jede Figur manuell starten lässt.

„Schön, dich zu sehen."

An Details mangelt es bei uns wirklich nicht. Im Mumienbereich liegt Sand, die Messer sind echt und für den modrigen Geruch habe ich auf dem Flohmarkt einen ganzen Stapel alter Teppiche erstanden. Die Motorsäge war recht teuer im Baumarkt, aber eine Attrappe bringt nun mal nicht denselben Effekt.

Endlich, der Kettensägenmörder kommt auf mich zu. Seine Maske sitzt tadellos, die Säge schrillt ohrenbetäubend.

Er schwingt und hebt sie in die Höhe, wie toll, alles noch intakt, doch heute ist etwas anders: Der Killer stoppt nicht. Nein, er schneidet wirklich zu.

Seriengriller

Meiner Mum steht die Nervosität ins Gesicht geschrieben. Sie umklammert mit zitternden Fingern die Glasschüssel und zupft dauernd ihr Kleid zurecht. Dasselbe Prozedere wie jedes Jahr.

„Jetzt beruhig dich mal." Dad legt ihr die Hand auf die Schulter. „Du weißt doch, dass alle begeistert sein werden."

So wie andere Mütter sich den Kopf über Haare, Nägel, Figur und Taschen zerbrechen, so ist die größte Unsicherheit meiner Mum ihr Nudelsalat. Laien wissen das gar nicht genug zu würdigen, dabei steckt in diesem scheinbar simplen Gericht mehr Arbeit als in einem ganzen Ottolenghi-Menü.

Penne-Pasta, Rucola, Cherrytomaten, getrocknete Tomaten in Öl, Basilikum, noch mehr Öl, Gewürze, Salz und Pfeffer und, pssst, die Geheimzutat ist Tomatenmark. Alles in eine Schale schmeißen und einfach umrühren? Nee, nee, nee!

Mum putzt den Rucola und schneidet die harten Stiele ab. Die frischen Tomaten werden halbiert, die aus dem Glas ganz klein gehackt. Das Basilikum ist immer frisch von der Topfpflanze am Fensterbrett gepflückt, das Leinöl ist hochwertig und bei dem Salz handelt es sich um feinstes Meersalz.

So, hier hast du das Rezept zum Nachmachen. Wieso gehst du nicht gleich mal einkaufen?

Die Tische und Bänke sind schon aufgestellt und auf der Tafel ist ein Platz für unsere Schüssel reserviert.

„Ah, endlich! Der berühmte Nudelsalat ist da!", ruft Mr Payne vom Bratrost. Er ist der Grillmeister auf unserem alljährlichen Sommerfest in der Nachbarschaft. Ich habe vorhin schon das viele rohe Fleisch gesehen, als er von der Arbeit zurückgekommen ist. Mr Payne arbeitet in der Pathologie und war nach dem Feierabend wohl noch bei Marks and Spencer einkaufen.

Saftige Steaks und Rippchen schmoren auf dem Grill. Der Fleischsaft tropft und mir läuft das Wasser im Mund zusammen.

Irgendwann sind alle Bewohner aus ihren Löchern gekrochen und das Buffet ist eröffnet. Ich greife nach einem Teller und lade mir Pizzaschnecken, Gemüsespieße und natürlich eine gewaltige Kelle von Mummys Nudelsalat auf. Das wird bestimmt nicht meine erste und letzte Portion bleiben. Die gefüllten Eier sahen nämlich auch noch köstlich aus.

Wie brave Schulkinder stellen wir uns in einer Reihe für das Fleisch an. Los, macht schneller! Ich habe furchtbaren Hunger.

„Und was möchtest du?"

Die Hitze der Glut wärmt meine Haut, als ich mich neugierig über den Rost beuge. Ich kann mich einfach nicht entscheiden. Das ist die Qual der Wahl.

„Was ist das denn alles?", frage ich Mr Payne interessiert.

„Hüfte, Schulter, Niere, Rippe", erklärt er. „Haxe, Herz und Speck."

„Wow, Sie haben wohl den Schlachthof leergekauft." Ich bin ehrlich beeindruckt.

Mr Payne lacht und klackert zweimal mit seiner Grillzange. „Nein, nein, um Gottes Willen! Das wäre ja viel zu teuer geworden."

Ich runzle die Stirn.

„Also, was willst du?"

Ich deute auf ein knusprig gebratenes Stück Fleisch. „Schwein oder Rind?", hake ich nach.

„Weder noch."

„Pute?"

Mr Payne beugt sich vor. „Mensch", flüstert er lächelnd.

Ich weiche zurück.

Der Grillmeister aus der Pathologie. Selbsterklärend, dass er dann auch keinen Supermarkt mehr braucht.

Alte Schuld

Das kann doch nicht wahr sein, oder?

Doch, der junge Mann da hinten sieht Bob wirklich zum Verwechseln ähnlich. Blonde Haare und schlaksig. Eine Brille auf der Nase. Er packt gerade seinen Ordner in einen schwarzen Rucksack.

Ich schüttle den Kopf und verschwinde aus dem Hörsaal. Nein, nein, nein, das ist unmöglich.

Es war ja damals überall in den Medien. Unvermeidbar, nicht davon gehört zu haben. Die furchtbare Schicksalsnacht am dritten Mai. *Alkoholeinfluss* wurde vermutet, denn das Auto war viel zu schnell gewesen und hatte in einer Kurve einen nichtsahnenden Fahrradfahrer erwischt. Auf dieser schmalen Straße fahren alle möglichen Zwei- und Vierräder. An Geschwindigkeitsbegrenzungen hält sich keiner, dabei ist es ziemlich kurvig und bei Regen auch richtig rutschig.

Aber Spekulationen im Nachhinein halfen dem Opfer natürlich nur herzlich wenig. Bob Fuller verstarb sofort am Unfallort. Den Schuldigen hatte man bis heute nicht gefasst, aber die Bilder haben sich tief in meine Netzhaut eingebrannt. Bob war hier auch Student und es gab eine große College-Gedenkfeier für ihn.

Ich lache laut und schräg auf. Die Leute am Nebentisch drehen sich mit verwunderten Blicken zu mir. Sie verstehen nicht, was ich an Chicken Nuggets so lustig finde. Der Typ in der letzten Reihe kann gar nicht Bob gewesen sein. Völlig abwegig!

Ich stopfe mir die letzten Hühnerteile in den Mund und will die Mensa gerade wieder verlassen, aber wer steht denn da auf einmal an der Essensausgabe an?

Das, das… Nein, Blödsinn. Es gibt viele blonde Brillenträger. Eine blaue Jacke hat er an. Und einen roten Pullover. Das hat der Radler auch zum Zeitpunkt des Unfalls getragen, erinnere ich mich. Ich werde es nie vergessen.

Langsam zweifle ich an meinem Verstand. Normalerweise glaube ich nämlich nicht an Geister.

Das ist doch alles verrückt, denke ich zornig. *Er ist tot für alle Zeit, Punkt!*

Ab diesem Tag sehe ihn beinahe täglich. Völlig kurios ist das alles. Es sind nur Momente, wie mal in der Cafeteria, auf dem Gang, im Seminarraum oder sonst wo auf dem Campus, trotzdem bleibt mir jedes Mal die Luft weg. Bob spricht nie, sondern mustert mich nur prüfend. Und wenn unsere Blicke sich treffen, dann gefriert mir das Blut in den Adern.

Es gibt eine Menge zu erledigen und ich will ungestört sein. Ich scheine wirklich unter Verfolgungswahn zu leiden. Dieser irre Doppelgänger macht mich ganz nervös und ich komme kaum noch zum Lernen. Also, Handy aus und ab in den Ruheraum der Bibliothek. Der hält wirklich, was er verspricht. Es ist so still, dass man eine Stecknadel fallen hören könnte. Ich packe meine Bücher aus und lese los.

„Hm", räuspert sich jemand. „Hm-hm."

Sofort kommt das erste Gemurmel. Ich höre Schritte auf dem Holz.

„Kelly?"

Seine Stimme geht mir bis ins Mark. Gespannt halte ich den Atem an. Ich spüre, dass er ganz nah hinter mir steht.

„Was willst du von mir?", krächze ich. „Was…?"

„Ruhe, verdammt!" Ein Kommilitone wirft seinen Stift nach vorne.

Ruhe. Ja, wieso kann Bob mich nicht in Ruhe lassen? Wie aus dem Nichts taucht er hier plötzlich auf und stellt mein Leben auf den Kopf.

„Was willst du, Bob?" Meine Stimme zittert.

„Das weißt du doch, oder?"

Ja, er hat recht. Ich kann es einfach nicht mehr ertragen. So lange laufe ich schon vor der Wahrheit davon. Eine traurige Träne rinnt meine Wange hinunter.

„Es tut mir leid."

Denn was bis heute keiner weiß: Damals, in der Nacht am dritten Mai, da saß ich hinter dem Steuer.

Schnipp, Schnapp, Haare ab!

Glamour, Fashion, Blitzlicht. Make-Up, Laufsteg, Untergewicht.

Ein Leben als Model. Davon träume ich schon seit ich denken kann.

New York, London, Paris und Mailand. Ich war schon überall.

Doch nicht vorne auf dem Runway, nein, ich bin Stylistin hinter der Show.

„Wo ist meine Wasserflasche?" Dieses liebliche Keifen kommt von Bethany Wright. Zum einen Top-Model, zum anderen top-nervig. Ausgerechnet sie wurde mir zugeteilt.

„Dort drüben", sage ich und deute zum Tisch. Ich bin eigentlich nur für ihre Haare, Haut und Nägel zuständig, aber Bethany behandelt mich wie eine Leibeigene.

„Ist da…?"

„Ja, ich habe eine Spritzer Zitronensaft hineingerührt. Und hier…", ich reiche ihr ein Glas. „Hier ist dein Ginger-Kurkuma-Grüntee-Chili-Shake."

In einem Zug trinkt Bethany das stinkende Gebräu die Kehle hinunter. Wieso sollte sie sich auch bedanken?

„Das regt den Stoffwechsel an", sagt sie schnippisch. Offensichtlich ist mein angewiderter Blick nicht unbemerkt geblieben. „Ein richtiger Fatburner ist das. Solltest du auch mal versuchen."

Ich koche vor Wut und beiße mir stumm auf die Zunge.

Bethany Wright ist das billige Modelklischee schlechthin. Oberflächlich, blond, ein dürres Klappergestell und dumm wie Stroh. Es heißt zwar immer, dass Bodypositivity und Diversität die wahren Werte der zukünftigen Fashionszene sind, aber in Wirklichkeit ist das nur Blödsinn. Sonst stünde jetzt schließlich ich auf dem Laufsteg und nicht Bethany.

Ich erinnere mich noch sehr genau an mein erstes Casting: Ich, brünett, bebrillt und mit Konfektionsgröße S, die in Modelmaßen gleich XXL entspricht, stand vor Riccardo Farnese, einem bekannten Modedesigner aus Italien. Mensch, in meinem ganzen Leben war ich noch nie so nervös gewesen! Seit Wochen hatte ich mich auf diesen Tag vorbereitet. Hatte täglich Sport getrieben, furchtbar wenig gegessen, hatte meine Haut völlig haarlos und glatt gewaxt und das Gehen auf hohen Hacken geübt.

„Drei, zwei, ein, Action!" Mein Walk war gut und Riccardo verkündete freudestrahlend: „Bravissimo! Perfetto! Fantastico! Wir nehmen dich!"

Nur, dass er es zu Bethany, statt zu mir sagte. Die war damals nämlich auch dabei.

Bethany verließ das Studio mit einem unterschriebenen Vertrag und einem megamäßigen Job in der Tasche. Mir boten sie in der Vorhalle eine Stelle hinter den Kulissen als Stylistin an.

Ich verabschiedete mich zwar schweren Herzens von meiner Modewelt, doch wenigstens konnte ich jetzt wieder Curry bei Just Eat bestellen oder mir um Mitternacht noch einen McFlurry ohne schlechtes Gewissen holen.

„Riccardo will mich mit Locken", ordert Bethany und setzte sich schwungvoll auf den Ledersessel vor mir. „Du hast eine halbe Stunde Zeit."

So eine Ansage ist typisch. Glatthaarmädchen sollen Wallemähne haben, aber meinen natürlichen Lockenschopf akzeptiert die Szene nicht.

„Ich bringe dich um, wenn du mir auch nur einen Zentimeter mehr als nötig abschneidest", zischt Bethany, als ich die Schere zur Hand nehme.

„Ja, ja, vertrau mir."

Die Löckchen fallen besser, wenn die Haare vorher getrimmt wurden.

Ich kämme ihr die Knoten aus und lege dann los.

„Diese Show wird das Sprungbrett für meine internationale Karriere", plaudert Bethany. „Riccardos neue Kollektion ist einfach bezaubernd!" Ich sehe im Spiegel, wie ihre Augen über meinen ganzen Körper wandern. „Das kann wirklich nicht jeder tragen."

Und diese Worte ausgerechnet aus ihrem Mund. Bethany Wright ist eigentlich ein Nichts. Schöne Klamotten, Hairstyling und Makeup machen sie erst zu jemandem. Sie hat mehr Botox als Attitude inne.

„Was machst du da?!", schreit Bethany auf einmal. „Du dummes Miststück, sieh dir nur mal meine Haare an!"

Oha, ich habe einfach munter weitergeschnitten. Aus der blonden Langhaarfrisur ist ein kinnkurzer Bob geworden.

Aber ich höre nicht auf.

„Leg sofort die Schere we…"

Ratsch!

Sie hat das Rasiermesser in meiner linken Hand nicht bemerkt. Das Blut spritzt und ich sehe die roten Tropfen auf der Spiegelscheibe. Bethanys Körper erschlafft und sie gleitet vom Stuhl.

Ich lasse sie achtlos liegen und greife nach dem Schminkkasten. Zum Showstart sind es noch zehn Minuten. Das schaffe ich.

Es klopft an der Tür und eine Stimme ruft: „Bist du fertig, Darling?" Riccardo.

„Ja!", rufe ich zurück und sehe zu dem wundervollen Kleid auf dem Bügel.

Bethany hatte recht, denke ich und nehme es an mich, *Die Kollektion ist zauberhaft.*

Ich schlüpfe hinein, style mich und gehe zum Laufsteg. Die letzten Sekunden laufen. Der Saal ist voller Menschen. Tief einatmen, Bauch rein, Brust raus.

Meine Modelkarriere kann beginnen!

Fast 2,5 Kamille

Ist es nicht ein Segen, fürs Nichtstun bezahlt zu werden? Tja, ich lebe genau diesen Traum, denn ich bin das, was die älteren Generationen als Negativbeispiel für die Jugend sehen. Handysüchtig, nur noch online, asozial und faul.

Ich bin Influencerin.

Oh, für mich? Na, wer freut sich denn nicht über ein bisschen Post? Rechnungen ausgenommen. Täglich flattern Päckchen, Pakete und Briefe in mein Postfach. Kooperationsanfragen, kostenlose Produkte und Liebesbekundungen von Fans stehen bei mir auf der Tagesagenda. Bei einem Account mit 120k Abonnenten darf man so etwas aber auch erwarten.

Ich trage das Päckchen ins Haus hinein. Es ist ganz schön klein und ziemlich leicht. Auch kein Absender, nur mein Name. Ich verziehe das Gesicht. Hoffentlich nicht so eine No-Name-Marke, die ihren Schrott auf meiner Seite platziert haben will. Oder, oh Schreck, noch schlimmer: Post von einem Hippie-Startup.

Ich hole eine Schere und schlitze das braune Paketband an allen Seiten auf, dann öffne ich den Karton. Zuerst sehe ich ein schwarzes Plastiktütchen, daneben liegt ein gefalteter Zettel.

Hallo, Liebes! Wir, TappyTea, sind über Instagram auf deinen Account gestoßen und waren sofort begeistert von deiner Ausstrahlung!

Das ist doch auch selbstverständlich. Ich streiche mir geschmeichelt durch die Haare und lese weiter.

Wir glauben, dass du eine tolle Werbefigur für unser brandneues Startup wärst, und schicken dir deshalb eine Probe unseres Beauty-Brew-Tees zu. Lass uns bitte zeitnah wissen, ob du dabei bist! Beste Grüße, TappyTea!

Ich nehme das Tütchen heraus und rieche daran. Hmm, wie das duftet!

Zutaten: Oolong, Pfefferkörner, Kamille und Pfefferminz. Schmeckt herb, minzig und würzig.

Aha, die Verpackung ist sogar biologisch abbaubar.

Wie ich also befürchtet hatte: Noch so ein Öko-Unternehmen, das glaubt, den Klimaschutz erfunden zu haben. Aber ich bin gnädig.

Der Wasserkocher blubbert, während ich die Blätter in ein Teeei fülle. Das heiße Wasser verfärbt sich sofort grünlich-gelb, als es auf den Tee trifft. Es dampft, ich mache es mir mit meinem Handy auf dem Sofa gemütlich, puste und nippe dann an der Tasse. Erstaunlicherweise wirklich wohltuend. Gleich noch einen Schluck und noch einen. Und einen weiteren.

Ich trinke die Hälfte leer, während ich Kommentare und Fanpost beantworte. Mein Körper ist warm. Ich schwitze ein bisschen. Seltsam, was schreiben die da?

Du solltest dich schämen, Umweltsünderin! Wegen dir sterben Tiere!

Die Buchstaben in der Kommentarspalte sind auf einmal so unscharf. Auch mein Post in Pelzmantel mit Rindfleischburger in der Hand verschwimmt vor meinen

Augen. Das Schlucken geht plötzlich auch schwerer. Bin ich müde? Viel Schlaf bekomme ich mit meinem Jetset-Leben schließlich nie. Mein Herz pocht langsam. Immer, immer langsamer. Zu langsam. Es flimmert vor meinem Blick.

Ich sehe den Namen des Users, der diesen dämlichen Pro-Animal-Spruch rausgehauen hat: @tappy.tea

Verflixt! Keine Kooperationsanfrage, dafür aber Gift im…

Mein Satz bleibt auf ewig unvollendet.

Den Beauty Brew werde ich nicht promoten. Für TappyTea will ich auch nicht werben. Das kann ich schließlich nicht mehr.

Sorry, liebe Follower, aber in nächster Zeit wird es ein bisschen ruhiger auf meinem Account werden. XOX

Hakuna Matata

Sie drücken sich die Nasen an der Fensterscheibe platt, glotzen, gucken und fotografieren.

„Wow, schau' mal, Mummy, die große Katze!"

„Das ist ein Löwe aus Afrika, Schätzchen."

„Der sieht ja genauso aus wie Simba."

„Stimmt, da hast du recht. Komm, da hinten sind die Affen. Die magst du doch viel lieber."

Viele, viele Fragen…

Erstens: Wer ist Simba?

Zweitens: Afrika? Wo soll das sein? Da war ich ganz bestimmt noch nicht.

Meine allererste Erinnerung an dieses Leben beginnt hier. Hier, in diesen schnuckeligen siebzig Quadratmetern. Mein Gehege. Eine Hütte zum Schutz vor Hitze oder Regen, grünes Gras, ein komisches Ding, mit dem ich vielleicht spielen könnte, ein Baum und sogar einen Wassergraben habe ich.

Das klingt langweilig für dich? Ja, ist es auch.

Jeden Morgen wache ich auf und hoffe, dass irgendetwas passiert ist. Dass sich eine unschuldige Gazelle in mein Reich verirrt hat oder dass es womöglich sogar noch einen weiteren Löwen wie mich gibt.

Jetzt frage ich mich, wie es so in Afrika aussieht.

Futter gibt es zweimal am Tag. Mittags um zwölf und abends um sechs.

„Kommt und seht den großen Löwen an!", ruft dann eine Durchsage rechtzeitig und die Leute strömen in Scharen zu mir.

Jedes Mal halten sie gebannt den Atem an, wenn sich der Wärter todesmutig durch die Tür hineinwagt, um mir mein Fleisch zu bringen. Aaron und ich sind ein eingespieltes Team. Mund auf, Futter rein, Mund zu, kauen und dabei in die Kamera grinsen. Tada, und schon hast du ein neues Hintergrundbild für dein Handy.

Eigentlich habe ich ja noch große Pläne, weißt du?

Dasselbe Fleisch Tag für Tag, dasselbe Gehege, derselbe Trubel am Tage und dann dieselbe stille Einsamkeit bei Nacht, das ist nicht das, was ich wirklich will.

Es war am frühen Nachmittag vor zwei Monaten. Drei Menschen standen vor der Glasscheibe und starrten mich an. Ich lag gelangweilt in der Sonne und vegetierte vor mich hin, als mein Blick auf das kleine Mädchen fiel. Die Augen leuchteten voller Bewunderung, der winzige Mund stand erst offen, doch dann lächelte es. So ein fröhliches Grinsen hatte ich in meinem ganzen Leben noch nicht gesehen.

Nicht einmal beim Zoodirektor, als die Artenschutzbehörde mein Gehege damals nur als *beinahe tierquälend* erklärte und es ihm genehmigte.

Das Kind trug ein T-Shirt mit der Aufschrift *I love New York City* und in diesem Moment fiel bei mir der Groschen. In New York würde auch ich endlich glücklich sein.

Ich musste nur noch einen Weg durch die Gitterstäbe finden…

„Kommt und seht den großen Löwen an!"

Bitte beeilt euch, ich bin sterbenshungrig! Gleich wird es wieder klicken, der Käfig öffnet sich und Aaron wird mich füttern.

Hä, was ist denn hier los?

Alles ist so wie immer. Die Schaulustigen, der Eimer, das Fleisch und der Wärter. Nur, dass dieser Wärter gar nicht Aaron ist.

„Na, du schöner Löwe", sagt er und fuchtelt mit meinem Steak wie wild durch die Luft. „Da, friss!" Und dann, anstatt es mir liebevoll in den Mund zu legen, schleudert er das Stück Fleisch an mir vorbei, wo es klatschend auf dem Boden landet. „Los, hol's dir!"

Der spinnt doch wohl! So ein verdrecktes Futter will ich nicht.

Klatsch!

Das Zweite bekommt eine Sandpanade.

„Wo ist Aaron?", fauche ich sauer und komme auf ihn zu. „Der macht das nämlich viel besser als du!"

Der Futterschänder weicht einige Schritte zurück und ich entdecke eine Chance. Der Tölpel hat das Gehege hinter sich nicht wieder verschlossen. Ich verzeihe ihm beinahe den Fleischfauxpas. Wahrscheinlich ist das heute sein erster Tag im Zoo.

„Schon gut", sage ich also und will mich an ihm vorbei zum Ausgang winden. „Vergessen wir es einfach."

Aber mir meinem Fluchtversuch scheint der Wärter überhaupt nicht einverstanden zu sein. „Hey, hey, hey! Was soll denn das jetzt werden?" Er stellt sich mir in den Weg.

Im Ernst? Als wäre ein Mensch ein ernstzunehmendes Hindernis für mich.

Ich beiße zu und schmecke Blut. Das schmeckt ja scheußlich, doch wenigstens ist der Weg jetzt frei. Ab in die Freiheit!

Vom Blitzlichtgewitter begleitet, schreite ich Schritt für Schritt hinaus.

Ich atme tief ein. New York City, ich komme!

Schwein gehabt ?

Wahrscheinlich sollte ich aufhören. Dicht machen, das Schild für immer auf Geschlossen drehen und den Job an den Nagel hängen. Nacht für Nacht plagen mich die Ängste. Jede Nacht derselbe Albtraum. Was soll ich nur tun?

Ich halte das langsam einfach nicht mehr aus.

Ich bin Metzgermeister.

Huhn, Rind, Schwein und Co. Das volle Programm. Ganz oder halb, in Stücken, püriert, gehackt, gebraten oder frittiert. Ich bin quasi Koch und Biologe in einem.

Meine Kundschaft ist seit Jahren gleichgeblieben: Da gibt es Oma Dorothy, den Opa Dicky, eine Mutter mit zwei Kindern, Väter, Tanten und Onkel. Ist eben eine Kleinstadt. Noch bevor das Großmütterchen die Tür aufgestoßen hat, habe ich ihre übliche Bestellung zusammengepackt. Ein halbes Hähnchen, fünf Würstchen und zweihundert Gramm Rinderhackfleisch. Man kennt sich ja.

Genau aus diesem Grund geht mir da auch eine ganz bestimmte Sache seit geraumer Zeit doch wirklich gegen den Strich: Veganer. Pflanzenfresser, die meinen, in Gras zu beißen, würde auch noch die Welt verbessern. Von wegen! Ich wünschte, sie würden ins Gras beißen. Die ruinieren mir nämlich nur mein Geschäft, denn manchmal kauft Oma Dorothy dann doch nur das Huhn und die

Würstchen, aber kein Hack, weil „Die Enkelin kommt. Die isst ja vegan.“

„Henker“, sagen sie. „Mörder.“ Sie schreiben Drohbriefe, werfen meine Scheibe ein, demonstrieren und, und, und. Linsen, Lupinen oder wie die ganzen Dinge heißen. Soja statt Schaf? Tofu statt Tatar? Hummus statt Haxe? Nein, ein Sellerie wird niemals ein echtes Schnitzel sein.

Die Kuh frisst Gras und ich die Kuh. Kreislauf des Lebens. Von der Weide in den Magen. Was ist schon dabei?

Doch jetzt quält mich dieser Traum. Urplötzlich, aus dem Nichts fing es auf einmal und kam seither jede Nacht: Ich liege müde im Bett. Halbschlaf, kurz vorm Abdriften. Meine Tür schwingt auf, ich knipse verwundert das Licht an und dann stehen sie da. Zwei Gestalten mit gruseligen Schweinsmasken. Sie sagen kein Wort, sondern sind mucksmäuschenstill. Ich wache immer in der Sekunde auf, wenn sie mir ein Messer in die Brust rammen.

Schrecklich!

Der Laden ist geschlossen und nach einem langen Arbeitstag bin ich bettbereit. Schon jetzt weiß ich, was mich gleich erwarten wird, wenn meine Augen geschlossen sind und der Kopf das Traumprogramm startet. Zitternd rolle ich mich zur Seite. Ich habe Angst zu träumen.

Natürlich, wie könnte es anders sein?

Meine Tür schwingt auf, ich knipse verwundert das Licht an und dann stehen sie da. Zwei Gestalten mit gruseligen Schweinsmasken. Ja, da ist auch wieder das Messer. Sie kommen stillschweigend näher, die Waffe erhoben.

Es ist nur ein Traum, denke ich, Es ist doch nur ein Traum.

Auf einmal stechen sie zu.

Komisch, das tut ja höllisch weh!

Gleich werde ich die Augen öffnen, oder? Gleich bin ich wieder wach und alleine und in Sicherheit, stimmt's?

Falsch, heute wird es nicht dazu kommen.

Mein Albtraum ist zur blutigen Wahrheit geworden.

Die Veganer haben den Henker zur Strecke gebracht.

Tote schlafen ewig aus

Schon beim Check-In war er mir unsympathisch. Hat Ausweis und Buchungsbestätigung auf den Tresen geknallt und direkt nach dem Portier geschrien. Unser Mitarbeiter musste sich fast zu Tode ackern, um die vielen schweren Koffer auf den Gepäckwagen zu wuchten, aber natürlich ging das dem Gast einfach alles viel zu langsam.

Eine Nacht ist er jetzt hier und heute früh gab es prompt die ersten Beschwerden. Das Bett zu klein, das Kissen zu hart. Die Dusche zu heiß, der Champagner zu kalt. Das Rührei zu flüssig, die Brötchen zu weich.

„Wenn das so weitergeht, werde ich noch von Ihnen Geld verlangen müssen", hat er geblafft. „Die fünf Sterne auf der Fassade haben Sie wohl selbst hingeklebt."

Ich habe gelächelt und mir meine Beleidigungen nur gedacht. Sein Sinn von Höflichkeit und Anstand ist von fünf Sternen ebenfalls meilenweit entfernt.

Der Tag neigt sich dem Ende zu. Das Abendessen ist beendet, unser Restaurant hat geschlossen und die Köche räumen die Reste vom Risotto weg. Hoffentlich heben sie mir eine Portion auf! Die Nachteulen sitzen an der Bar und schlürfen hochprozentige Cocktails in den wildesten Farbkombinationen.

Ich sehe zur Uhr. Die Schicht ist gleich vorbei. Meine Ablöse Noah hat sich schon in Schale geworfen.

Das Telefon klingelt.

„Mayflower Hotel, was…?" Ich kann nicht ausreden.

„Ja, ja, natürlich weiß ich, wo ich bin. Sparen Sie sich den Atem."

Ein Blick aufs Display. *Zimmer 213*. Wer auch sonst…

Ich reiche den Hörer wortlos an Noah weiter. Das soll er machen. Noch zwei Minuten, dann bin ich offiziell erlöst.

„Was kann ich denn für Sie tun, Mr Harris?" Noah spricht ganz freundlich, dabei hat er gerade noch die Augen verdreht.

„Zimmerservice! Sofort!", bellt Mr Harris, das höre sogar ich, die einen halben Meter entfernt steht.

„Und was wünschen Sie?"

„Einen heißen Kakao! Mit Sahne, Marshmallows und bloß nicht zu wenig Schokolade."

Noah nickt. „Alles klar, ich…"

Aber da hat der Gast schon aufgelegt.

Am nächsten Morgen bin ich wieder frisch und munter und gehe die Anwesenheitsliste vom Frühstück durch. Alle waren da, nur Zimmer zweihundertdreizehn ist nicht abgehakt. Seltsam. War das Rührei wirklich so schlecht?

„He, Noah?", ich reiche ihm den Zettel. „Mr Harris war heute gar nicht im Speisesaal. Hast du ihn denn sonst schon gesehen?" Ich grinse. „Oder ihn gehört?"

Nach der zweiten Übernachtung fallen einem doch bestimmt noch zig mehr Makel ein.

Noah sieht nicht mal vom PC hoch. „Tote schlafen ewig aus", sagt er trocken und erst da kapiere ich, was er meint.

Kurzer Prozess

Ich hasse sie, ich hasse sie, ich hasse sie!

Kein Tag vergeht, an dem ich nicht verheult aus der Schule komme und mein Gesicht in den Kissen vergrabe. Es gibt keinen bösartigeren Menschen auf der Welt als sie.

Mein Leben ist die reinste Hölle. Und das alles nur wegen ihr.

Heute, vor dem Unterricht, in der Sportumkleide:

„Na, du traust dich ja was." Sie hat mich von oben bis unten genaustens gemustert. „Kurze Shorts, Poppy? Mit deinen dicken Elefantenoberschenkeln?! Wie schade, dass ich nicht blind bin, diesen Anblick hättest du uns wirklich ersparen können."

Dann lächelte sie noch einmal und stiefelte davon in die Halle.

Eine Träne perlt von meiner Wange und tropft auf die Seiten.

Lucy Fisher.

Ich wünschte, sie wäre tot.

Sie ist die selbsternannte Anführerin der Klasse und ausgerechnet ich bin ihr Lieblingsopfer. Lästereien und Gerüchte. Ständig macht sie mich wegen irgendetwas fertig. Mal ist es mein Look, mal meine Antwort im Englischunterricht, dann wieder der Inhalt meiner Brotzeitdose oder mein Lachen, das angeblich wie ein ertrinkender Delfin klingt. Ich glaube, Delfine können ja gar nicht ertrinken, aber Lucy ist das egal.

Mein Tagebuch weiß alles über sie. Jede Gemeinheit und auch Alles andere schreibe ich sorgfältig nieder. Das hilft ungemein. Geheimnisse vertraue ich sehr viel lieber der linierten Kladde als meinen Eltern an. Es ist, als hätte ich eine geheime Freundin, der ich von all meinen Sorgen erzählen kann.

Ich ziehe die Nase hoch und schließe die Seiten.

Oh, schon fast halb Elf. Ich sollte dringend schlafen.

Das Tagebuch verschwindet wieder zurück in seinem Versteck. Unter meiner Bettmatratze. Da wird es niemals jemand finden.

Ich schließe meine Augen und schlummere auch sofort ein.

Mit Magenschmerzen quäle ich mich am nächsten Morgen in die Schule.

Ich ziehe den Kopf ein und betrete angespannt das Klassenzimmer. Heute habe ich einen blauen Pullover mit gelben Sternen an. Welcher doofe Spruch kommt wohl jetzt gleich auf mich zu? Mein Outfit liefert doch bestimmt eine ideale Steilvorlage, oder?

Ich bin auf alles gefasst, aber Lucy ist noch gar nicht da.

Wahrscheinlich kommt sie wieder auf die Sekunde genau, pünktlich mit dem letzten Glockenschlag durch den Türspalt gehuscht, vermute ich. *Das Beste kommt zum Schluss.*

Doch erstaunlicherweise täusche ich mich.

Lucys Platz bleibt heute leer.

„Mum und Dad sind nicht da." Mein Bruder Montgomery chillt auf dem Sofa, als ich nach dem Unterricht nach Hause komme. Er hält sein Handy in der Hand und swipet wie ein Scheibenwischer hin und her. Etwas Richtiges zum Mittagessen hat er natürlich auch nicht gekocht. „Wieso denn? Tiefkühlpizza passt doch."

Ich seufze und schalte den Ofen aus. Der Meisterkoch hätte die Backzeit im Blick behalten sollten. An den Rändern ist der Käse schon schwarz. Eine Dampfwolke schlägt mir entgegen. Ob man das noch essen kann?

„Wieso bist du eigentlich schon daheim, Monty? Hattest du früher Schluss?"

Ich schneide den steinharten Teig mit dem Pizzamesser und teile gerecht auf.

Monty schüttelt den Kopf. „Nope."

„Was dann?"

Ein langer, gummiartiger Faden Mozzarella klebt an seinem Kinn. Er kaut, schluckt und antwortet: „Hab' mir mal freigenommen."

Mit dieser Einstellung wird er wohl niemals seinen Abschluss schaffen.

„Hey, übrigens", Monty hält mir sein Smartphone unter die Nase. „Lies das mal."

Ich sehe auf das Display.

Wie die Polizei heute gemeldet hat, wurde die Schülerin Lucy Fisher heute tot aufge…

„Die mobbt dich jetzt jedenfalls nie mehr." Mein Bruder zwinkert schelmisch und beißt nochmal von der Pizza ab.

Mir ist der Appetit vergangen.

Ich starre ihn fassungslos an und ein erschreckender Gedanke schießt mir auf einmal durch den Kopf.

Hat Monty die Seiten über meine heimlichen Sex-Träume etwa auch gelesen?!

Tötungsdelikt – Polizei sucht Zeugen!

Am Sonntagabend, den 8. September, gab circa gegen 22:30 Uhr eine Passantin an, dass sie eben eine brutale Auseinandersetzung in der Bahnhofsunterführung mit Ausgang in Richtung Innenstadt beobachtet hatte.

Dem aktuellen Ermittlungsstand nach, gerieten ein 27-jähriger Mann und ein bisher noch Unbekannter in eine Streiterei. Es schien dabei um eine gemeinsame Bekannte mit Namen Claire zu gehen.

Im Verlauf ihres Streites schlug der Unbekannte seinem Kontrahenten ins Gesicht, zückte ein Messer und stach mehrere Male auf den am Boden Liegenden ein. Anschließend flüchtete er.

Der 27-Jährige verstarb noch am Tatort.

Im Rahmen der Ermittlungen wurden Aufnahmen der aktiven Videokameras des Bahnhofs gesichert und ausgewertet. Mithilfe dieser Materialien lässt sich der Täter als männlich, schwarzhaarig und zwischen 30 und 40 schätzen (Phantombild siehe unten).

Die städtische Mordkommission bittet die anwesenden Passanten, welche Erste-Hilfe bei dem Verletzten leisteten oder das Geschehen zufällig mitbekamen, sich mit der Polizei unter der Telefonnummer...

Ich glotze auf das Bild am unteren Ende der Seite.

Männlich, schwarze Haare und zwischen dreißig und vierzig Jahren alt.

Ich schnaube.

Frechheit! Sehe ich wirklich so alt aus?

Denn eigentlich bin ich erst achtundzwanzig.

Kantinenkoma

Ich kann mich aus tiefstem Inneren hierzu bekennen: Ich hasse Studenten!

Nur blöd, dass ich ausgerechnet in ihrer Mensaküche arbeite.

„Ist das auch…?" Egal, welches Wort dann folgt, ob vegan, histaminarm, laktose- oder glutenfrei, ich bin bereits auf hundertachtzig.

Besonders schlimm ist aber diese Truppe von der SIA. Wer jetzt glaubt, dass das die verhunzte Rechtschreibform des amerikanischen Geheimdienstes ist, der liegt damit meilenweit daneben. SIA. Die Abkürzung für Studentische Initiative Aktiv.

Andauernd haben sie etwas zu meckern und die Ansprüche steigern sich allmählich ins Unglaubliche.

Sie wollten Fleisch. Okay, also Burger mit Fritten.

Unethisch. Okay, dann eben Biohaltung.

Zu teuer. Okay, nur noch die Pommes.

Sie wollten vegetarisch. Okay, Mac 'n' Cheese.

Das war zu ungesund. Okay, also Salat.

Zu langweilig. Okay, ihr bekommt auch ein Dressing dazu.

Vegan. Okay, ich bin ratlos und völlig am Ende.

Was kommt als nächstes? Fischfreundliches Wasser, bitte? Zuckerfreies Ketchup? Pizza mit Trüffelöl?

Mein Magen zieht sich schon jedes Mal angsterfüllt zusammen, wenn einer von den SIA-Mitgliedern auch nur den Speisesaal betritt. Sie kommen ja schließlich nie zum Essen. Ein Besuch in der Mensa bedeutet immer nur eine neue Forderung.

Was ist so falsch an meinen Speisen? Einfach, günstig, gut. Die Jugend nörgelt zu viel. Die sollten sich lieber mal das Bärtchen stutzen und selbst hinter der Theke arbeiten.

Heute ist Fischstäbchen-Freitag. Die Filets warten jetzt seit gut zwei Stunden in ihren Wärmebottichen auf einen Abnehmer.

Halbzeit. Um vierzehn Uhr schließen wir.

Zum Fisch gibt es wie immer die obligatorische Beilage: Pommes und Gemüse. Dieser TK-Mix mit gewellten Karotten, Brokkoli und Erbsen. Schön weichgekocht, schmilzt und zergeht dir quasi auf der Zunge. Das ist doch vegan, oder? Beschwerden sind also unzulässig.

Mein Herz setzt einen Schlag aus, als ich sehe, wer da gerade mit einem Tablett unterm Arm die Ausgabe ansteuert.

Ich nenne sie nur Jute. Sie ist die Vorsitzende der SIA und hat immer eine beige Jutetasche über der Schulter hängen. Sie ist bekennende Feministin, Aktivistin, Veganerin und auch sonst noch alles, was gerade gut und alternativ ist.

Und Jute kommt direkt auf mich zu. Meine Knie zittern schon.

„Mal wieder sind nur die Beilagen vegan", sagt sie. Was eigentlich eine nüchterne Feststellung ist, klingt aus ihrem Mund wie eine Drohung. „Nee, das esse ich schon aus Prinzip nicht."

Und trotzdem geht sie nicht.

„Heute Abend ist das SIA-Treffen", erklärt sie. „Wir wollen etwas zu essen. Vegan und glutenfrei natürlich."

Jute verschränkt die Arme vor der Brust und verlagert ihr Gewicht vom rechten auf den linken Doc-Martens-Stiefel. Eigentlich sollte ich auf so eine Ansage gar nicht eingehen, aber Jute ist so angsteinflößend, dass ich trotzdem nicke.

„Kein Problem", versichere ich ihr. „Um wieviel Uhr?"

„Fünf."

Am liebsten würde ich sie wie die Fischstäbchen vor uns schneiden, panieren und in heißes Fett werfen. Fünf Uhr ist längst nach meinem Feierabend!

Ich notiere es brav und Jute dampft endlich ab.

„Und keine Pommes!", ruft sie mir noch hinterher.

Aye, aye, Captain!

Siebenundzwanzig Fischstäbchen sind im Mülleimer gelandet. Die Pommes sind leer, das Gemüse nicht.

In Warmhalteboxen auf Rädern liefere ich die Bestellung zu dem berüchtigten Sitzungssaal, in dem sich die SIA trifft. Es gibt Reis aus dem Kochbeutel und die Rest-Karotten-Brokkoli-Erbsen-Mischung in Soße. Jute hat schließlich nur die Pommes abgeschmettert.

„Lieferservice!"

Das ist das erste und letzte Mal, dass ich in diesen Hallen lächle. Denn ich weiß, dass diese Reisspeise mein Leben für immer verändern wird. Das ist mein Plus als Koch. Ich kenne alle sicheren und unsicheren Lebensmittel. Was so ein paar Tropfen Gifttinktur ausmachen können…

185

„Endlich." Kein Danke, kein Lob. „Wow, tatsächlich keine Pommes. Ein Wunder ist geschehen." Jutes Stimme trieft vor Hohn. „Weiter so!"

Ich grinse und schließe die Tür des Hörsaals hinter mir. Guten Hunger, denke ich.

Die SIA wird nie mehr tagen. Sie werden nie mehr in diesen Reihen sitzen und neue Feldzüge gegen die Hochschule planen.

Aber was das Allerwichtigste ist: Nie mehr werden sie mich nerven.

Ab heute gibt es wieder Hamburger auf der Karte!

Nächster Halt: Jenseits!

„Oh, entschuldigen Sie, ich…"

Ich belasse es dabei. Das Abteil ist sowieso komplett leer und der alte Herr schläft tief und fest. Ich pfeife auf meine Sitzplatzreservierung und setze mich ihm gegenüber, bevor ich beim Losfahren womöglich noch über meine eigenen Füße stolpere. Meine Reise endet ja erst mit der Endstation. Mir bleibt also ganz viel Zeit. Ich nehme den Rucksack ab und verstaue ihn rutschfest zu meinen Füßen.

Pling!

„Herzlich Willkommen in unserem Zug nach…"

Die Bahn ruckelt über die Gleise. Ich lehne mich zurück und schließe kurz die Augen.

Ferien daheim sind schon schön. Die Wäsche wird gewaschen und gebügelt und Hausmannskost steht servierbereit auf dem Mittagstisch. Im Hotel Mama mangelt es an rein gar nichts. Meine Vorfreude auf die eigene Wohnung sinkt doch gleich, wenn ich nur daran denke, heute Abend wieder selbst abspülen zu müssen.

Meine Eltern haben mir eine reichgefüllte Dose mit Reiseproviant eingepackt. Wie die Lunchboxen in alten Zeiten, als ich noch zur Schule gegangen bin. Ich suche in meinem Gepäck danach und öffne sie. Ein Brötchen, Karottensticke und ein Schokoriegel. Den hat sicher Dad da hineingeschmuggelt.

Ich nehme mein Buch, lese und esse dabei.

„Mist!" Schnell klappe ich den Mund zu und sehe zu meinem Mitreisenden.

Gut, ich habe ihn nicht aufgeweckt. Der alte Herr döst weiter vor sich hin.

Was nicht so gut ist, ist, dass auf Seite siebzehn jetzt ein schokoladiger Fingerabdruck von mir ist. Hoffentlich fällt das der Bücherei nicht aus, denn der Roman ist nur geliehen.

Der Weg wird kürzer, die noch zu lesenden Seiten immer weniger und das Essen wandert Bissen für Bissen in meinen Magen. Am Ende liegen nur noch die Karottenstäbchen in der blauen Brotdose. Nicht, weil ich mir vor dieser einen von fünf täglichen Portionen Obst und Gemüse drücken will, keine Sorge.

Ich schiele abwechselnd hin und her. Mein Kauen wäre so laut, dass der Mann mit Sicherheit aufwachen würde. Und ich kenne diese Diskussionen zu genüge: „Die Jugend von heute hat überhaupt keinen Respekt und Anstand mehr."

Nein, ich spare mir gleichermaßen Snack und Strafpredigt.

Wir passieren all die kleinen Dörfer die meine Heimatstadt von der Metropole trennen. Leute steigen kaum aus, eher in den Zug ein. Sie wollen vor der Landluft flüchten.

„Endstation! Bitte alle aussteigen."

Als das Reiseziel verkündet wird, kommt Bewegung in die Passagiere. Auch ich greife nach meinen Siebensachen und stopfe sie zurück in den Rucksack.

Ein Hut bleibt auf dem Tisch zurück. Mir gehört er nicht.

Hoffentlich hat er seine Station nicht verschlafen, denke ich und gehe zu dem alten Mann.

„Ähm." Schlafende aufzuwecken ist mir schon immer schwergefallen. „Sie müssen aussteigen", sage ich laut. „Hier ist die Endstation."

„Was ist denn los?" Ein Schaffner gesellt sich zu uns. „Das haben wir gleich."

Er berührt den Arm des Passagiers und sein Gesicht wird kreidebleich.

„Was ist?"

„Ich befürchte, dieser Mann ist leider verstorben."

Ich bin vollkommen fassungslos. Dafür habe ich auf meine Möhrensticks verzichtet?!

Pechkeks

Ich gehe gerne zu Mr Wok. Wie der Name verrät, handelt es sich hierbei um ein Schnellrestaurant und alle Gerichte kommen aus dem Wok. Gebratene Nudeln, gebratener Reis, Tofu, Suppe, Frühlingsrollen. Die Klamotten riechen nach Frittiertem und der Bauch ist voll. Das ist Futter für die Seele.

Beim Hinausgehen nehme ich mir immer einen von diesen in Plastik verpackten Glückskeksen mit. Zugegeben, der harte braune Keks schmeckt ja eigentlich eher nur so mittelmäßig. Nein, es ist der schmale Papierstreifen in der Teighülle, die mich doch jedes Mal wieder in die goldene Schale am Ausgang greifen lassen. Kleine schwarze Buchstaben, in denen wohl mehr Wahrheit steckt als in so manchem Lexikon.

Doch wie viel Wahrheit tatsächlich, das musste ich selbst erst schmerzhaft erfahren…

Hüte dich vor dem Einfachen!
Ich nehme die Abkürzung durch den Park. Na toll, ausgerechnet jetzt fängt es auch noch das Regnen an. Und aus dem harmlosen Nieseln wird schon bald ein halber Orkan. Im Bruchteil einer Sekunde sind die Straßen und Wege wie leergefegt. Es blitzt und donnert und gewittert. Der Wind schlägt und ohrfeigt mich und ich werde bis auf die

Unterwäsche durchnässt. Meine Schuhe versinken im matschigen Boden.

Ein ohrenbetäubendes Krachen.

Ich erschrecke mich beinahe zu Tode, als ein Blitz direkt neben mir in einen Baum einschlägt. Ich hätte sterben können, verdammt!

So eine doofe Abkürzung, jetzt bloß ab nach Hause!

Es wird Ärger geben!

„Ich fasse es einfach nicht, Miss Parr! Das ist jetzt bereits das dritte Mal in dieser Woche!" Mein Chef schreit mich an. Sein Gesicht ist schon knallrot und ich sehe die Halsschlagader kräftig pochen. „Andauernd kommen sie zu spät!"

„Ja, ja." Es ist doch schließlich nicht meine Schuld, dass die U-Bahn alle überfüllt sind. Oder, naja, dass mein Bett eben so gemütlich ist.

„Nichts *Ja, ja*! Wenn das wieder vorkommt, lasse ich Sie rauswerfen, verstanden?"

Er will wahrscheinlich keine ehrliche Antwort.

Autsch!

Hä? Mit gerunzelter Stirn lese ich die Zeile ein zweites Mal. Was ist denn das für ein komischer Spruch? Merkwürdig.

Ich grüble noch den ganzen Heimweg lang. Ist *Autsch* vielleicht ein chinesischer Ausdruck und bedeutet in Wirklichkeit so was wie Du hast Glück? Schön wäre es.

Ich denke so angestrengt nach, dass ich den Fahrradfahrer weder sehe noch sein wildes Geklingel höre und, *Zack!*, da ist es passiert: Ich liege auf der Straße, der Radler beschimpft mich wüst.

Autsch, wimmere ich stumm, *Das tat weh!*

Das Blut wird tropfen!

Langsam wird es unheimlich. Steht da wirklich was von Blut?! Was ist mit Hoffnung, Liebe, Glücksgefühl und Freude?

Ich heule bitterlich. Zwiebeln fürs Abendessen schnippeln brennt so furchtbar in den Augen.

„Weißt du, ob…"

Ich drehe mich zu meinem Freund um und schreie auf. Das Messer steckt tief in meinem Finger. Ich bin wohl offensichtlich kein Multitasking-Talent. Eine offene Wunde klafft jetzt da und das Blut läuft und läuft und hört ja gar nicht mehr auf.

„Oh Gott, oh Gott, warte, ich hole schnell Verbandszeug."

Morgen wachst du nicht mehr auf!

Ich lese es immer und immer wieder, bis ich verstehe.

Mir wird ganz flau. Kann der Keks recht haben? Ist das mein Schicksal?

Die letzten Male hat er sich jedenfalls nicht geirrt.

Hüte dich vor dem Einfachen! und eine Abkürzung hätte mir das Leben kosten können.

Es wird Ärger geben! und mein Boss will mich beinahe feuern.

Autsch! und ich habe einen Unfall auf der Straße.

Das Blut wird tropfen! und ich hacke mir um ein Haar den Finger von der Hand ab.

Panik bricht in mir aus. Mein Leben hängt von diesem einzigen, bröseligen Keksgebäck ab.

Aber es ist eindeutig, das weiß ich: Den heutigen Tag werde ich nicht überleben.

Und wenn sie nicht gestorben ist, dann...

Nein, nein, nein! Ich raufe mir die Haare und werfe das zerknüllte Papier einmal quer durch den Raum.

Das kann so nicht weitergehen! Seit Tagen und Wochen sitze ich hier und komme einfach nicht voran. Kaum zu glauben, oder? Ich bin doch genial, brillant und ein Meister meines Faches. Natürlich, heiß begehrt bin ich. Eben der beste Biograf der Welt. So jedenfalls mein Anspruch.

Aber meine derzeitige Klientin treibt mich in den Wahnsinn. Ich bin geneigt, den Auftrag abzubrechen, denn es gibt kaum ein langweiligeres Leben als ihres: Geburt, Arbeit, Hochzeit, Kinder, Rente. Typisch und öde. Normal.

Wieso glaubt auch jeder, ausgerechnet er selbst wäre etwas Besonderes?

Sieh es doch ein, du lebst, du stirbst. Ein paar Jährchen eben. Wenn du Glück hast, bis zum Dreistelligen, dennoch nur ein Wimpernschlag in der Evolution.

Ich strecke mich in meinem Schreibtischstuhl. Mir kann das ja egal sein. Hauptsache der Rubel rollt. Meine kurze, irdische Existenz möchte ich schließlich im Warmen und mit vollem Bauch erleben.

Viele, viele Seiten habe ich schon geschrieben, nur der Schluss fehlt noch. Eine richtige Schreibblockade hat sich da in meinen Kopf eingenistet. Mir fällt ums Verrecken kein gutes Ende ein.

Und wenn sie nicht gestorben ist… Großer Mist, dass die Grimms darauf ein Patent haben.

Ich starre sinnierend geradeaus. Aber Moment. Ist das nicht die zündende Idee?

Ich nehme das ausgedruckt Manuskript an mich und stehe auf.

Die Dame wohnt in einem Altersheim. Oder Seniorenresidenz, wie man heute sagt. Doch selbst dieses Wort kann nicht verschleiern, dass es in Wahrheit ein Beinahe-Leichenschauhaus ist. Einige Bewohner scheinen schon zu verwesen.

Ihr Zimmer hat die Nummer zweihundertsieben.

Ich war schon oft in diesen Gängen und kenne den Geruch nach Desinfektionsmittel und pürierten Speisen aus der Kantine. Hier möchte ich nicht sterben. Umzingelt von Rollatoren, Runzeln und falschen Zähnen.

Gelassen gehe ich zur Tür. Nach diesem Tag werde ich eh nie mehr wiederkommen müssen. Ich halte das Messer fest in der Hand.

„Mrs Green?"

Keine Antwort auf mein Klopfen. Die Alte schläft tief und fest, noch dazu ist ihr Hörgerät ausgeschaltet. Sie bemerkt ihn nicht einmal, als ich hineinkomme.

Ich steche zu. Zweimal, dreimal, viermal. Ob das schon ausreicht?

Ein perfektes Ende habe ich jetzt zumindest für ihre Biografie. Ich notiere es mir lieber schnell auf, sonst vergesse ich noch den genauen Wortlaut: *Da lag sie. In Blut gebettet*

und ein Messer in der Brust. Es blieb auf ewig ein Rätsel, wer es ge-
tan hatte.

Sehr gut, die Leser lieben unerwartete Wendungen.

Ich lege den Stift weg und sehe zum Bett. Wenn ich so recht überlege, sollte Mrs Green mir richtig dankbar sein. Allein durch mich hat ihr Leben zumindest spannend geendet.

Die Dollarzeichen ploppen in meinen Augen auf.

Das wird ein Bestseller, grinse ich. *Ganz bestimmt.*

Von Theorie und Praxis

Ich bin nicht schockiert, als uns Professor Matthews diesen kopflosen Rumpf vorlegt. Als Medizinstudent darf man nicht zimperlich sein. Leichen aufzuschneiden, gehört hier im Studium fest dazu.

„Ein Prachtexemplar, oder?" Mrs Matthews blickt begeistert in die Runde.

Wir sind alle noch sehr verhalten. Vor einer Woche ist der Präsident der Universität völlig unerwartet verstorben. Erst gestern war die Beerdigung, deshalb sollen heute alle schwarz unter ihren Schutzkitteln tragen. Hätte mal jemand Professor Matthews sagen müssen. In ihrem sonnengelben Kleid sticht sie aus der Masse heraus wie ein bunter Hund.

„Dann nehmen wir unseren Freund doch mal genauer unter die Lupe!"

Professor Matthews ist eine tolle Dozentin mit einem noch besseren Humor. *Doktorspiele*, nennt sie diesen Kurs.

„Na, wer kann mir sagen, wie oft diese Hand hier masturbiert hat?" Richtig makaber und dreckig.

Einmal hat sie sogar gewitzelt, man könne am bloßen Auge sehen, wie viele Pornos diese Person in ihrem Leben geschaut hat. Blödsinn natürlich, aber lustig.

„Dann schießen Sie doch mal los. Was wissen wir über diesen Menschen?"

Niemand hebt die Hand, noch nicht einmal die Streber.

„Kommen Sie schon. Muss ich Ihnen denn heute alles aus der Nase ziehen?" Professor Matthews seufzt. „Wenn Sie jeder noch so kleine Todesfall dermaßen erschüttert, sollten Sie Ihre Berufswahl womöglich noch einmal genauer überdenken."

Es ist nicht per se dieser Todesfall. Es sind die Umstände. Der Leichnam des Präsidenten ist zu allem Überfluss nämlich auch noch spurlos verschwunden, der Sarg wurde leer begraben und, ach, es ist ein einziges Drama. Ein mächtiger Mann wie er hatte schließlich nicht nur Fans unter den Studierenden und es wurde schon gemunkelt, dass etwas wie eine Ermordung aus Rache dahinterstecke.

Viele befürchten jetzt, dass uns die Polizei alle verhören wird, aber das glaube ich eigentlich nicht. Bis die Ermittler mit Befragungen durch das ganze College durch sind, habe ich mein Studium sicher längst beendet und arbeite schon als Arzt. Außerdem hätte ich ja auch nichts zu verbergen.

„Lassen Sie mich Ihnen auf die Sprünge helfen", sagt Professor Matthews. „Also: Wir haben es hier ganz offensichtlich mit einem Leckermäulchen zu tun. Das sehen Sie am Magen. Lieblingsessen? Hm, ich tippe auf Pommes und Burger. Die Pommes mit Mayo statt Ketchup. Den Beilagensalat hat er nie gegessen."

Der ein oder andere kann sich einen leichten Lacher nicht verkneifen und auch ich muss schmunzeln.

„Körperhygiene war dem werten Herrn wohl auch nicht teuer. Können Sie die Reste von verschwitzten Achselhaaren erahnen?" Selbstverständlich nicht. „Außerdem würde ich sagen, dass er alles andere als ein sympathischer

Zeitgenosse war. Da, sein Herz ist wirklich ganz besonders klein." Jetzt giggeln doch mehr. „Ich glaube, hier handelt es sich um einen machtbesessenen Tyrannen, der seinen Mitarbeitern das Leben zur Hölle gemacht hat. Sehen Sie das auch so?"

Das Gekicher ist verstummt.

„Gut, wenn Sie noch so resigniert sind, dann hat diese Veranstaltung einfach keinen Sinn", sagt Professor Matthews deutlich enttäuscht. „Daheim schreiben Sie irgendetwas über Ihre Gefühle bezüglich der Beerdigung und einen Bericht darüber, was Sie heute gelernt haben, ja? Schön, Sie dürfen gehen."

Die anderen packen ihre Sachen zusammen und verschwinden wie von der Tarantel gestochen aus dem Hörsaal. Sie freuen sich über einen freien Nachmittag und diese lächerlich einfache Hausaufgabe.

„Professor Matthews?" Sie steht am Pult und ordnet ihre Materialien. „Woher wussten Sie so viel über diese Leiche?", frage ich nach. „Oder war das etwa alles bloß ein Scherz?"

Professor Matthews sieht mich über den Rand ihrer Brillengläser hinweg an. „Geopfert für die Wissenschaft", sagt sie. „Könnte es denn einen schöneren Tod für unseren Präsidenten geben?"

Pizza al Panico

„Ist die Bestellung jetzt endlich fertig?" Ron kommt gehetzt durch die Tür. Seine Wangen sind vor Stress gerötet und er schwitzt ein bisschen. „Die haben schon vor einer Dreiviertelstunde angerufen!"

Ich sehe vom Karton hoch.

„St Denys Road?"

„Ja, wie lange dauert's denn noch?" Er wippt von einem Fuß auf den anderen.

„Fertig." Ich klappe den Deckel zu. Eine Pizza mit Harzer Käse, Ingwer, Lauch, Fenchel und Essiggurken. Pfui! So viele Extra-Toppings werden teuer.

Während meinen zwei Jahren Minijob in der Pizzabude habe ich ja wirklich schon viel erlebt, ehrlich, aber diese wilde Kombination toppt einfach alles. Diesen Belag würde ich nicht mal verdrücken, wenn mir einer die Pistole an den Kopf setzt.

Ob Erbsen, Schinken oder Brokkoli, ich lege wahrlich alles auf den Teig. Mittlerweile sogar stillschweigend die Ananas aus der Dose. Ja, manche Menschen sind doch wirklich Genussfaschisten.

„St Denys Road 64… Das ist doch gleich da hinten, oder? Nur einmal quer über die Straße?" Ron seufzt, als ich bejahe. „Sogar für fünfhundert Meter Fußweg sind die Leute heutzutage zu faul." Er nimmt den warmen Karton in die Hand. „Bis gleich, das erledige ich zu Fuß."

Ron ist schneller zurück als erwartet. „Ich habe minutenlang geklingelt", sagt er. „Keiner da."

Ich verdrehe die Augen. Hätte ich mir ja gleich denken können, dass dieser absurde Mix von wahllosen Zutaten nur ein billiger Scherz war. Die Anruferin, eine piepsige Mädchenstimme, lacht sich jetzt bestimmt mit ihren Freundinnen ins Fäustchen. Sicher eine Mutprobe oder ein Wahrheit-oder-Pflicht-Spiel.

„Ich mach' dann Schluss für heute", verkündet Ron. „Die verlorene Pizza esse ich daheim zum Abendbrot."

Ich verrate ihm lieber nicht, mit was sie denn belegt ist. Stattdessen schwenkt mein Blick zur Uhr. „Ja, ich schließ' hier auch in einer halben Stunde ab."

„Wir sehen uns!"

„Guten Appetit!" Dass es ihm wirklich schmecken wird, bezweifle ich doch sehr.

Das Licht ist gelöscht und die Öfen sind aus. Ich freue mich jetzt nur noch auf mein Federbett, fernab von Pizza, Käse, und Tomatensoße.

Auf dem Heimweg komme ich auch an der St Denys Road vorbei. Aber, nanu, was ist denn hier los? Krankenwagen, Blaulicht, Polizei, ein Mann in Handschellen. Die ganze Straße ist abgesperrt. Eine Haustür fliegt auf und Sanitäter rollen eine Trage hinaus. Ich bin wirklich kein Gaffer, aber das blutüberströmte Mädchen auf der Liege ist ja kaum zu übersehen.

Erst dann erkenne ich die Hausnummer.
64. St Denys Road 64!

Ich schließe die Augen, um mich besser erinnern zu können.

Wie lautete die Bestellung doch gleich?

Harzer Käse

Ingwer

Lauch

Fenchel

Essiggurken

H I L F E

Weiße Weste

Noch völlig schläfrig öffne ich die Truhe. Das ist ein Service, oder? 24/7 ist unsere Waschbox für die Kunden geöffnet. Rund um die Uhr kann dreckige Wäsche abgegeben werden, die dann auch binnen eines Tages wieder gereinigt abholbereit ist. Wir arbeiten blitzschnell und blitzsauber!

Zum Glück, heute ist es nur ein einziger Sack. Das ist kein Problem. Herausfordernder wird es erst, wenn vier oder fünf auf eine ordentliche Wäsche warten.

Ich wuchte den Beutel heraus und sehe auf die Zeiterfassung. *23:44 Uhr.* Eine ulkige Uhrzeit, um ans Waschen zu denken, aber ich brüte nicht weiter darüber nach.

Ich könnte sagen, in der Reinigung zu arbeiten sei ein Drecksjob. Ist es aber nicht. Eigentlich ist es sogar ziemlich spannend. Manchmal ist es nur ein Kaffeefleck auf einem weißen Hemd. Oder ein Rock, der gerne faltenfrei wäre. Wenn Firmen oder Betriebe, also Krankenhäuser oder Labore unseren Service nutzen, kann es schon mal exotischer werden. Bei einigen Ärztekitteln komme ich dann ins Grübeln. Ist das Kotze? Ist das Blut?

Ich knipse das Licht an und gehe den Terminkalender durch. Ein Hochzeitskleid, zwei Anzüge und noch ein paar Klamotten zum Bügeln.

Ich lasse das Eisen aufheizen und widme mich dem Beutel aus der Waschbox. Das ist jedes Mal wie Geschenkeauspacken an Weihnachten. Was ist drin, womit habe ich es zu tun?

Ich sehe weiß und rot.

Bestimmt eine Kochjacke mit Soßenspritzern, vermute ich und greife nach dem Stoff.

Es ist ein T-Shirt. Polyester und Baumwolle, das spüre ich sofort.

Durch Lauge und Seife haben sich die Rillen meiner Finger fast vollkommen ausgewaschen. Meine Haut ist da jetzt glatt wie Wachs. Ich bin eigentlich gar nicht mehr identifizierbar. Kein Fingerabdruck, keine Identität. Unsichtbar wie eine schwarze Katze in der Nacht. Ich wäre der perfekte Mörder. Bei diesem Gedanken muss ich glatt schmunzeln.

Aber zurück zum T-Shirt. Ich betrachte den Fleck genauer. Komisch, würzt dieser Koch denn gar nicht? Tiefrot, ohne einen Hauch Oregano oder Kräuter der Provence. Hoffentlich hat er wenigstens Salz verwendet, sonst ist das doch ungenießbar.

Nein, einen Augenblick. Das ist gar keine Soße alla Napoli.

Ich rieche an der Klamotte. Ein eisenhaltiger Geruch schießt mir in die Nase und ich reiße die Augen auf. Genau so riechen auch immer die Overalls aus den Operationssälen. Wieso ist dieses Shirt blutgetränkt?!

Mir fällt noch etwas anderes auf. An dem Oberteil wurde herumgezerrt. Im Gewebe klafft ein kleiner Riss.

Mein Kopf spinnt bereits die wildesten Szenarien, aber wer hat die Waschware denn eigentlich abgegeben?

Die Kunden müssen vor dem Einwerfen den Namen und eine Kontaktmöglichkeit wie Adresse, E-Mail oder Telefonnummer angeben. Erst dann blinkt auf dem Screen Bitte Ware einlegen auf und der Truhendeckel öffnet sich. Im Gegenzug bekommt man eine Marke mit Codenummer und Erfassungszeit ausgedruckt, mit der sich die Klamotten wieder sauber abholen lassen.

Name: fragen sie nicht so blöd!

Kontakt: geben sie es beim hinterausgang vom alten schwimmbad ab. dort ist ein umschlag mit geld. behalten sie den rest. keine bullen! ich kann sie finden.

Jetzt ist mir richtig übel. Aber nicht wegen der Rechtschreibfehler. Vielleicht ist an meinen albernen Hirngespinsten ja doch was dran. Keine Polizei, Blut, ein Kleidungsstück in Fetzen und ein abgelegener Abgabeort.

Könnte das das T-Shirt eines Mörders sein?

Süßes oder Saures?

Am Ende unserer Straße steht ein verfallendes Haus. Schmuddelig, die Fassade dreckig, die Fenster sind zum Teil undicht und der Vorgarten ist ganz verwuchert. Ich habe noch nie einen Paketboten zu diesem Eckhaus gehen sehen, also glaube ich, dass dort einfach keiner wohnt.

Schade, dass die Stadt es dann so verwahrlosen lässt. Dicht am Wald gelegen, aber nach ein paar Renovierungsarbeiten ist es bestimmt ganz schnuckelig.

Es klingelt und eine hässliche Hexe steht vor mir. Wir umarmen uns kurz.

„Ein Halloweenfest wie in alten Zeiten", freut sich Holly. „Süßigkeiten bis zum Fresskoma. Das wird ja so cool!"

Eigentlich sind wir schon zu alt, um um die Häuser zu ziehen und nach Naschereien zu verlangen. Eigentlich, aber es macht eben so viel Spaß.

Auf dem Küchentisch stehen Platten mit gruseligem Fingerfood: Würstchen, die wie abgetrennte Finger aussehen, Spinnenmuffins, wurmartige Nudeln und ein riesiges Gehirn aus Wackelpudding. Bei diesem Anblick kann einem schon mal übel werden.

Es schellt immer wieder an der Tür, so lange, bis alle meiner Freunde da sind und sogar irgendwann Zafira, die sich als Zombie verkleidet hat, im Wohnzimmer sitzt.

„Gut, ich schlage vor, wir starten hier, gehen dann die Runde dort und enden beim Eckhaus. Damit sollten wir so ziemlich die ganze Nachbarschaft abgedeckt und den größtmöglichen Ertrag erzielt haben." Elliot zeigt auf sein Smartphone, wo gerade eine Karte Google Maps geöffnet ist. Dass Halloween kein Strategiespiel ist, scheint er wohl nicht verstanden zu haben. Passenderweise hat er sich dazu in ein Einstein-Kostüm geworfen.

Wir ziehen los. Bewaffnet mit falschen Vampirzähnen und großen Beuteln für die Beute machen wir uns auf die Socken. Zigmal *Ding, Dong*, dann „Süßes oder Saures?", Naschkram einkassieren und weiter zum nächsten Haus.

Man sieht auf den ersten Blick, wer dem Halloween-Wahn verfallen oder abgeneigt ist.

Manche haben sich im Inneren verbarrikadiert, das Licht ist ausgeschaltet und nicht mal Sturmklingeln kann sie aus der Reserve locken.

Die Mitläufer hängen wenigstens eine unechte Fledermaus aus Plastik an ihre Haustür, womöglich sogar noch einen geschnitzten Kürbis und öffnen uns, um ihre altgewordenen Süßigkeiten vom letzten Osterfest loszuwerden.

Zum Glück ist der Großteil unserer Nachbarn aber voll mit dabei. An ihren Fassaden weben sich Spinnennetze, Grabsteine wurden aufgestellt und Holly erschreckt sich tierisch, als wir einen Bewegungssensor passieren und ein rasselndes Skelett aus der Gartenlaube kippt. Die meisten sind auch selbst verkleidet. Mit Aufwand, von Kopf bis Fuß als Mumie, oder eher seicht, mit einer Blitznarbe auf der Stirn.

Wir begegnen auch anderen Gruppen, hauptsächlich Kindergartenkindern in Begleitung ihrer Eltern, die dann sagen: „Aber jeder nur ein Teil, ja?"

Lächerlich, wer soll denn von einer einzigen Gummischlange satt werden?

Als Crew geben wir schon ein cooles Bild ab. Fünf Freunde in fünf Kostümen, die alle mit unseren Anfangsbuchstaben beginnen. Elliot als Einstein, Holly als Hexe, Zafira als Zombiedame, ich, Blanche, als Blutsbaronin und Naschkatze William als Walkers Chipstüte. Ich bin neidisch auf die Detailgenauigkeit seiner Kostümierung.

Unsere Taschen werden immer schwerer, unsere Füße immer lahmer. Es ist eine sehr lange Straße.

„He, schaut mal!", ruft William und deutet zu unserer letzten Station. „Das Eckhaus ist ja hellbeleuchtet!"

Tatsächlich. Durch die kaputten Fenster scheint Licht.

Bedauernd sehe ich zum Gebäude. Hier hat wirklich die ganze Zeit jemand gehaust?

„Süßes oder Saures?"

Die Tür geht auf und vor uns steht eine alte Frau. Als Hutzelweibchen würde man sie im Märchenbuch wohl beschreiben. Sie ist klein und buckelig und trägt ihre lockigen, grauen Haare zusammengebunden in einem Kopftuch. Ihre Klamotten sind schwarz und vermutlich selbstgestrickt. Der Rock wurde mit unzähligen Flicken immer wieder repariert. Leider glaube ich, dass das kein spezieller Look für das Halloweenspektakel ist.

„Oh, da gebe ich euch natürlich lieber Süßes." Sie kichert und verschwindet für eine Sekunde. Als sie zurückkommt, hat sie eine große Schale in der Hand. „Hier, greift gerne zu."

Diesmal nehme ich tatsächlich nur ein einziges Teil.

Äpfel.

Wer verteilt an Halloween denn Äpfel?

„Viel Spaß euch noch“, verabschiedet sie sich und winkt uns hinterher.

Erst da sehe ich die schwarze Katze, die um die dürren Beinchen der Dame streift.

„Äpfel?“ Mum ist genauso erstaunt wie ich, dabei steht sie ja eigentlich total auf gesunde Snacks. „Wer hat euch die denn gegeben?“

„Die Alte aus dem Eckhaus“, sagt William und leert seinen Beutel auf dem Boden aus. Bonbons, Gummibärchen, Zuckerkristalle und Schokoriegel purzeln massenweise heraus. Er hat von uns allen die größten Hände und auch den größten Appetit.

„Das Eckhaus am Waldrand? Hier in unserer Straße?“

Es knackt, als William seine Zähne in dem süßen Obst vergräbt. Ungewöhnlich, dass er sich nicht erst auf die Cadbury stürzt.

Mum kratzt sich am Kopf. „Aber da wohnt doch gar keiner mehr. Die Besitzerin ist schon vor Jahren verstorben.“

Ein Röcheln.

Entsetzt drehen wir uns zu William, zwischen dessen Lippen weißer Spuckeschaum hervorquillt. Sein Gesicht wird bläulich und er kippt rückwärts vom Stuhl.

Ein vergifteter Apfel wie bei Schneewittchen. Eine verstorbene Besitzerin, ein hellbeleuchtetes Haus und eine schwarze Katze.

Tja, es heißt doch immer: An Halloween kehren die Toten heim.

Versteckspiel

Ich muss sie loswerden. Dringend!

Laut meiner Armbanduhr bin ich eh schon viel zu spät und die ganze Schlepperei wird allmählich auch anstrengend. Seit Ewigkeiten trage ich jetzt schon ihren leblosen Körper durch die Gegend.

Eine Frau. Jung und schön. Sie hat blonde Haare, die ihr in sanften Wellen über die Schulter fallen und bis zum Po reichen. Lange, schlanke Beine, eine Traumfigur und bezaubernd blaue Augen.

Heute trägt sie ein enges, pinkes Kleid, das nur bis knapp übers Knie ihre Schenkel bedeckt. Tz, tz, tz. Katholisch ist sie bestimmt nicht. Rosa High Heels, rosa Tasche, fertig. *#outfitoftheday*

Ich kann mir bloß vorstellen, wie viele Verehrer sie hat und wie viele Neider ihr hinterhereifern. Sie sieht aus wie ein Model und niemand wird jemals sein wie sie.

Nicht alles, was glänzt, ist Gold, sagt man, aber sie ist die Ausnahme.

Ja, doch, sie ist nicht nur bildhübsch, sondern auch blitzgescheit. Sie hat eine Vielzahl an Ausbildungen und Abschlüssen in der Tasche, darunter Astronautin, Ärztin oder Lehrerin. Wehe, einer sagt da noch, dass Frauen für die Karriere nichts taugen!

Außerdem ist sie sportlich, tier- und kindslieb.

Habe ich nicht recht? Eine Märchenprinzessin durch und durch.

Man sieht sie, man will sie. Aber langsam wird sie schwer. Jedes Gramm ihres Körpergewichts lastet erdrückend auf mir wie Blei und mit jedem Schritt spüre ich es ein Stückchen mehr. Bald wird mir die Kraft ausgehen, sie wird zu Boden fallen und reglos an dieser Stelle liegen bleiben. Ich keuche.

Versteck sie!, lautete der Auftrag.

Aber wo?

Auf einem Baum? Zu hoch für mich, ich bin definitiv kein Kletteraffe. Unter der Erde? Zu aufwendig, außerdem habe ich auch gar keine Schaufel dabei. Es muss ein Ort sein, an dem niemand sie so schnell finden kann. Irgendwo, wo es dauert, bis jemand auf sie stößt, damit ich längst wieder über alle Berge und dann in Sicherheit bin.

Ich checke die Umgebung mit einem schnellen Blick und habe dann die Lösung. Das ist schließlich nicht das erste Mal, dass ich diesen Job mache. In einem Garten bin ich hier gelandet. Dort, das Gebüsch scheint dicht genug zu sein.

Es ist Mitte April, Frühling, und die Natur beginnt erneut zu blühen. Die Blätter werden grün, die Vögel stimmen ihren Gesang wieder an und alle Welt erwacht zu neuem Leben.

Erwachen! Mein Stichwort. Ich muss mich jetzt wirklich beeilen, wenn ich nicht auf frischer Tat ertappt werden will.

Geschwind husche ich zur Hecke und verstecke das Mädchen zwischen den Zweigen. Astrein, aber mir bleibt keine Zeit mehr. Es warten noch viele weitere Gärten auf mich.

Ich sehe ein letztes Mal auf die Barbiepuppe zurück, schlage einen flinken Haken und hopple dann von dannen.

Ostern. Das Fest der Auferstehung, doch gleichzeitig der pure Stress für einen Osterhasen wie mich.

Reich, Reicher, Tot

Manchmal muss man auch mal standhaft bleiben.

„Nein!"

Es wird auch nichts bringen, wenn Mr und Mrs Griffiths mir noch so jämmerlich die Ohren vollheulen. Ihre Idee von einem strikt zucker-, gluten- und laktosefreiem Donut-Shop ist einfach total bescheuert.

„Aber warum denn nicht?"

Da fallen mir viele Gründe ein. Heutzutage glaubt auch jeder, sich selbstständig machen zu müssen.

„Wir haben Ihnen doch sogar unseren Businessplan vorgestellt", lenkt Mrs Griffiths ein.

„Der ist ja auch nicht das Problem."

Tatsächlich ist das Formblatt eigentlich ganz klasse. Sehr logisch und strukturiert. Schönes Layout. Alle Fragen sind detailliert beantwortet, sämtliche Kosten, aber auch die Einnahmequellen wurden sorgfältig aufgelistet und zu einer Gesamtsumme gebracht. In der Theorie eine gute Bilanz.

„Hier", Mr Griffiths holt einen Karton aus seiner Aktentasche. „Probieren Sie."

Wie lange lagen die Donuts da wohl drin? Und besonders appetitlich, geschweige denn überhaupt essbar, sehen sie auch nicht aus.

„Los, dieser proteinreiche Goji-Donut aus Kichererb-senmehl mit Spirulina-Kokosblütenzuckerglasur wird Sie bestimmt überzeugen, uns den Kredit zu geben."

Das wage ich zwar stark zu bezweifeln, dennoch greife ich zu und beiße hinein.

Ich verziehe das Gesicht. Mit einem herkömmlichen Donut von Starbucks, Dunkin oder Costa hat das hier so viel zu tun, wie ein Elefant mit einem Staubsauger. Die einzige Gemeinsamkeit, die ich bisher erkennen kann, ist die runde Form mit Loch in der Mitte. Oder wie in mei-nem Elefanten-Staubsauger-Beispiel eben der Rüssel.

„Zu hundert Prozent zucker-, gluten- und laktosefrei, das können Sie mir glauben."

Das glaube ich auch sofort, aber das ist doch gleichzei-tig der springende Punkt. Die süßen Schmalzkringel sind schließlich der Inbegriff des Industriezuckers, der unge-sunden Kohlenhydrate und der tierischen Produkte, nicht wahr? Und so schlimm diese die Eigenschaften auch sein mögen, bevor ich noch einen weiteren Bissen von diesem Ding da nehme, esse ich lieber gar nichts.

„Okay, kosten Sie mal unseren Kurkuma-Do…"

Ich schließe die Packung, ehe man mir noch etwas an-bieten kann. Wollen mich Mr und Mrs Griffiths vielleicht vergiften, um sich den Kredit dann selbst ausstellen zu können?

„Bitte gehen Sie jetzt", hechle ich. In meinem Magen gluckert es bereits und ich befürchte, mein Darm wird den kleinen Happen auch schleunigst loswerden wollen. „Das Gespräch ist beendet. Das, was Sie hier versuchen, fällt eindeutig unter Bestechung. Sie bekommen kein Geld von dieser Bank."

Ich schiebe das Paar zur Tür hinaus und stürze dann selbst schnell zum Klo.

Draußen ist es bereits dunkel, als ich auch endlich das Bürolicht ausknipsen kann.

Das war heute kein besonders produktiver Tag. Ab dem Besuch der beiden verrückten Donut-Freaks musste ich alle halbe Stunde zur Toilette. Man kann sich vorstellen, wieviel Arbeit ich außerhalb des Bades noch erledigen konnte.

„He, Sie da."

Ehe ich mich umdrehen kann, presst man mir etwas in den Rücken hinein. Ich ziehe scharf die Luft ein und wage es nicht, nach hinten zu sehen. Das fühlt sich ja an, wie der Lauf einer Pistole!

„Vorwärts, wir gehen jetzt zum Tresor."

Habe ich diese Stimme nicht schon mal irgendwo gehört?

„Öffnen."

„Aber…"

„Öffnen Sie!"

Leider kenne ich den Code tatsächlich. *Piep, piep, piep* und die Tür schwingt auf. Der Geruch nach Reichtum schlägt mir entgegen und ich atme tief ein.

„Gehen Sie rein."

Die Banken in den Metropolen mögen ihr Geld besser verwahren, sicher und sauber, aber in der Provinz sind die Scheine eben einfach sortiert in Schubfächern.

„Nimm so viel mit, wie du tragen kannst", sagt die Person hinter mir. „Zur Not stopfst du dir etwas in deinen BH."

Da verstehe ich, dass er nicht mit mir spricht. Fächer werden geöffnet, Geld raschelt.

„Fertig. Das reicht für zwanzig Läden."

„Gut so, Liebling."

Ich höre ein schmatzendes Geräusch.

„Und Sie", das geht jetzt an mich. „Sie muss ich leider hier ersticken lassen."

Man stößt mir die Pistole heftig in die Seite, ich stolpere nach vorne und stürze zu Boden. Wenn jetzt eh alles zu spät ist, dann kann ich meinem Entführer auch ins Gesicht sehen.

„Sie werden noch bereuen, unseren Spirulina-Donuts keine Chance gegeben zu haben."

Es sind Mr und Mrs Griffiths! Wie Bonnie und Clyde stehen sie da, die Hände in die Seiten gestützt. Ich erkenne, was ich voreilig als Pistole identifiziert habe. Es ist ein Regenschirm. Dämlich, dass ich darauf reingefallen bin.

„Noch ein schönes Ableben!"

Die Tresortür schließt sich langsam.

„In einer Welt mit diesen Donuts möchte ich auch überhaupt nicht weiterleben!" Resigniert lasse ich mich auf den Rücken fallen. Die Luftkapazität reicht niemals für die ganze Nacht. Nach Handyempfang zu suchen ist zwecklos.

Ja, ich werde sterben, doch wenigstens bin ich dabei so reich wie nie.

Bitteres Erwachen

Ich gähne. Nur noch fünf Minuten. Es ist einfach viel zu früh. Die Regierung sollte gesetzlich verbieten, vor acht Uhr morgens aufstehen zu müssen.

Meine Hand wandert zur linken Seite. Und fasst ins Leere. Sam liegt nicht mehr neben mir. Ich höre auch kein Wasser rauschen. Ach, bestimmt sippt er schon Kaffee in der Küche oder knuspert seine Cornflakes.

Ich gehe ins Bad und mache mich fertig. Duschen, anziehen, schminken. Meine Haut ist ganz fleckig, die Augenringe reichen mir bis zu den Knien.

Hm, wo ist er nur? Verwundert stemme ich die Hände in die Seiten. Am Esstisch sitzt niemand. Die Tassen wurden nicht benutzt und auf der Spüle liegt auch kein Löffel. Hat er vielleicht heute ein besonders frühes Meeting? Seine Vorgesetzten sind schließlich richtige Workaholics. Die machen nicht mal vor Mails am Sonntag Halt.

Ich schreibe ihm eine Nachricht, frühstücke selbst und verlasse dann die Wohnung.

„Das ist wirklich ganz, ganz toll, dass Sie trotzdem kommen", sagt Mrs Young und reicht mir die Hand. „Das zeigt Engagement für die Arbeit."

„Hä?" Ich habe keine Ahnung, wovon sie spricht.

„Ich könnte es gut verstehen, wenn Sie sich nach dem Tod Ihres Lebensgefährten erst mal eine kleine Auszeit nehmen würden."

Ich falle aus allen Wolken. „Wie bitte?!"

Dieser Umstand ist mir neu. Die gute Frau muss endlich den Humor entdeckt haben. Schließlich haben Sam und ich gestern Abend noch gemeinsam FRIENDS geschaut. Verwechselt Mrs Young da vielleicht irgendetwas?

„Ah, ich will Ihnen nicht zu nahetreten, aber das ist bestimmt dieses Trauer-Symptom, wovon man doch immer liest", sagt sie. „Sie glauben nur, dass er noch am Leben ist, dabei ist Mr Bell tatsächlich schon seit zwei Tagen tot."

Ich erwidere nichts.

„Suchen Sie sich bitte professionelle Hilfe, sobald Sie anfangen, mit ihm zu sprechen, ja?" Der Klang ihrer Absätze hallt noch ewig in meinen Ohren nach.

„Mein Beileid." Josh reicht mir eine Karte, die mit schwarzen Ornamenten bedruckt ist. „Das muss schrecklich sein für dich, ich meine, wie lange wart ihr nun verheiratet? Zehn Jahre?" Er errötet, als ich nicht antworte. „Ist auch eigentlich nicht wichtig, 'tschuldige. Du weißt ja, meine Bürotür steht dir immer offen."

Völlig verstört lässt mich Josh zurück. Erst Mrs Young und jetzt er? Stimmt es und ich habe mir unseren romantischen Fernsehabend nur eingebildet? Und die Nacht danach? Igitt, das ist ja echt pervers.

In der Mittagspause flitze ich zur Wohnung zurück. Das muss ein Irrtum sein!

Erschrocken starre ich auf einen ausgerissenen Zeitungsstreifen auf dem Tisch.

Erinnerungen sind wie Sterne in der Nacht. Sie funkeln in unseren Herzen.

Wir trauern um Sam Bell. Von uns gegangen am…

Eine Todesanzeige.

Lag die vorhin auch schon da?

Ich setze mich auf. Mein Herz pocht schnell und Schweiß tropft meine Stirn hinab. Nur ein Albtraum. Ein schrecklicher, schrecklicher Albtraum, aber nicht real.

Sam liegt neben mir. Ich streife mit meinen Fingern über seinen Brustkorb. Und bin entsetzt.

Sein Körper ist so kalt wie Eis.

Er ist tatsächlich tot.

Ein Mordsspaß

„Du könntest wenigstens einmal…"

„Hey, Männer! Die Pause ist vorbei. Raus mit euch!"

Genervt folge ich Pete zum Zelt. Die lächerliche Zirkusmusik bimmelt laut in meinem Ohr. Meine Mundwinkel hängen schlaff nach unten, dabei muss ich in drei Sekunden wieder der Strahlemann sein. *The show must go on*, sagte doch schon Freddie Mercury.

„Hallo, Kinder! Seid ihr alle da?"

„Ja!"

Ich könnte kotzen. Alles ist so schrecklich unfair. Im Zirkus Luminos gibt es zwei Clowns: Pete und ich. Ich bin schon ganz schön lange hier, er erst sehr viel kürzer und doch hat er bereits jetzt die ganze Beliebtheit an sich gerissen. Wir mussten unsere Tiernummer mit den weißen Tigern streichen, *zu qualvoll*, also suchte der Direktor nach einem Alternativprogramm.

Pete ist der Lustige, er reißt die Witze, ist albern, urkomisch und erntet den Applaus. Er trägt übergroße Schuhe, eine Latzhose und ein buntes Hemd. Ich bin die Spaßbremse. Der Ernste, der Strenge und der Spießer, der alle Fröhlichkeit der Welt am liebsten auslöschen möchte. Mein Kostüm ist einfach eine schwarze Kutte. Ich sehe aus wie der Tod persönlich.

Unsere Show ist ein ständiges Hin und Her aus *ja, nein, ja, nein*. Am Ende dann das große Finale: Clown Pete klatscht seinem prüden Freund eine riesige Sahnetorte ins Gesicht. Lustig. Wutentbrannt fordere ich ihn auf, sich vor einer Zielscheibe zu positionieren und es folgt ein phänomenales Messerwerfen. Das ist mein einziger Glanzmoment.

Deshalb auch vorhin dieser kleine Streit. Nein, wir sind keine Zirkusfamilie. Ich bin verärgert und habe die rote Clownsnase ganz gehörig voll. Ich möchte auch mal in der Manege stehen, bejubelt, beklatscht und belacht. Ich will, dass wir die Rollen tauschen. Ich als der Witzbold, und Pete mit der Sahne im Gesicht, aber der hat das natürlich abgeschmettert.

„Ha, ha, ha!"

„Und was macht du in diesem Büro?", erkundige ich mich.

„Was wohl?" Pete zwinkert. „Faxen!" Das Publikum ist begeistert. „Oder ich bewerbe mich als Bäcker", schlägt Pete vor. „Ich habe auch schon angefangen zu üben. Willst du mal sehen?"

Nein!, würde ich am liebsten erwidern, denn jetzt kommst der unangenehme Teil.

„Dann zeig mal her."

„Hier." Pete nimmt die Torte aus einem Minikühlschrank und dreht sich einmal im Kreis, dass auch alle Zuschauer sehen, was er da in seiner Hand hält. Er inszeniert diese Szene extra ausgiebig. „Buttercreme, ist das nicht zufällig deine Lieblingssorte?" Pete grinst vorfreudig.

Vereinzelte lachen schon, denn sie ahnen, dass gleich ein neuer Spaß kommt.

„Ja, das stimmt!", rufe ich und gehe auf ihn zu.

Hungrig lecke ich mir über die Lippen. Tatsächlich ist es eine echte Torte, doch zum Glück nicht von Pete gebacken, sondern von meiner Frau Eloise. Sie macht die luftigsten Biskuitböden und die süßesten Glasuren. Wirklich eine diabolische Verschwendung, die da täglich in meinem Gesicht landet.

Pete winkt mich zu sich. „Näher, näher…"

Platsch!

Der Kuchen trifft mich mit voller Wucht. Die Leute in den Rängen johlen und trommeln vor Freude auf den Bänken herum.

„Na, warte!", drohe ich Pete.

Dir wird das Lachen noch vergehen…

Die Lautsprecher spielen einen Trommelwirbel. Das Gekicher hat aufgehört und die Besucher harren erwartungsvoll dem Geschehen.

„Stell dich da mal an die Scheibe."

Pete spreizt seine Arme und Beine wie ein Seestern im Meer. Die Sahne verklebt mir die Sicht und ich sehe kaum etwas. Ich greife nach dem ersten Messer. Die Klinge ist spitz, das muss auch so sein, sonst würde sie nicht im Holz stecken bleiben.

Ich schließe die Augen und werfe.

Wow, so gut habe ich ja noch nie getroffen. Mitten ins Herz. Petes Kostüm verfärbt sich langsam rot und sein Kopf fällt schlaff nach vorne. So eine Witzfigur. Ich verbeuge mich zufrieden.

Ab heute bin ich die Nummer eins, denn wer zuletzt lacht, lacht am besten.

Quacki

Ich erinnere mich noch gut an diesen Tag. Ich war damals vier Jahre alt und mit meinen Eltern im Kinderland im Freizeitpark. Wir verbrachten Stunden im Bällebad, auf den Rutschen und den Fahrgeschäften.

Irgendwann wurde es spät und für uns schließlich Zeit, nach Hause zu gehen. Auf dem Weg zum Ausgang entdeckten wir eine weitere Attraktion, die wir vorher völlig übersehen hatten. Drei niedliche Kaninchen mit lachenden Gesichtern waren dort auf dem Plakat abgedruckt. *Hasenralley* stand in bunten Buchstaben daneben.

„Sollen wir?"

Es wirkte harmlos, aber klang doch spaßig.

Wir traten also ein und begingen somit den größten Fehler unseres Lebens. Niemand wartete vor uns, wir kamen gleich dran, wurden zu dritt in einen Wagen gepfercht und los ging die wilde Fahrt.

Es war ein Desaster. Völlig ungeeignet für Vierjährige. Geschwindigkeit, Kurven und Loopings. Ich schrie und heulte die ganze Zeit, doch das Schlimmste: Vor lauter Panik glitt mir mein Stofftier aus der Hand. Eine quietschgelbe Ente mit orangefarbenem Schnabel, treuen Augen und dem Namen Quacki.

Natürlich war ich am Boden zerstört.

Mum und Dad redeten lange auf den Typ hinter der Kasse ein, doch er könne ausgerechnet in diesem Moment leider gar nichts tun, vertröstete er sie. Sollte Quacki am selben Abend dennoch bei der Reinigung wieder auftauchen, so würde er uns selbstverständlich darüber informieren.

Wir warteten Tage, Wochen, Monate. Nichts.

Auch heute, zwanzig Jahre später, habe ich mein Handy immer bei mir, in der Hoffnung, dass man Quacki irgendwo findet. Diese schreckliche Hasenralley gibt es schließlich immer noch.

Seit geschlagenen zwanzig Jahren habe ich eine Stinkwut auf den Fun-Adventure-Park.

Und jetzt arbeite ich selbst dort.

Wieso?

Die ökonomische Antwort lautet: Es gibt weit und breit keine anderen Aushilfsjobs in der Nähe.

Meine Antwort lautet: Quacki.

Ich werde nicht fertig mit dem Gedanken daran, dass mir der Fun-Adventure-Park mein Lieblingskuscheltier für alle Zeit genommen hat. Deshalb sitze ich hier. Denn irgendwann, das weiß ich bestimmt, werde ich Quacki rächen können.

Die Idee ist mir heute früh unter der Dusche gekommen. Sie ist so banal und einfach umzusetzen, dass es schon fast peinlich ist. Tatenfreudig habe ich mich abgetrocknet und bin in meine Klamotten geschlüpft. Noch nie bin ich so vergnügt zur Arbeit gefahren wie an diesem Morgen.

Ich arbeite beim Drachenflug. Auch wieder Geschwindigkeit, Kurven und Loopings, bloß alles hoch zehn. Ich will gar nicht wissen, wie viele Kuscheltiere dieses seelenlose Fahrgeschäft auf dem Gewissen hat.

Die Schlange ist immer lang. Letztes Wochenende hatten wir sogar eine Wartezeit von ganzen zweieinhalb Stunden. Das muss man sich mal vorstellen!

Meine Aufgabe ist ganz simpel. Ersten Knopf drücken, um die Schleusen zu öffnen. Warten, bis alle aus- und eingestiegen sind. Zweiten Knopf drücken, um die Sicherung zu schließen. Kontrollieren, ob auch wirklich alle Gäste sicher sitzen. Dritten Knopf drücken und die Fahrt damit starten. Fünf Schritte, für die man weder Grips noch Gehirn, sondern lediglich einen einzelnen Finger braucht. Selbst eine dressierte Ente mit übergroßen Flossen könnte das stemmen.

Die Besucher sitzen und krallen sich fest an die Schutzstangen, bis ihre Knöchelchen schon ganz weiß sind. So, als hinge ihr Leben davon ab. Na gut, das tut es ja auch.

Das Metall ist verriegelt. Ich schwinge mich aus dem Führerhäuschen und taste im Eiltempo die Reihen ab. Alles sicher. Glaube ich. Eigentlich ist es nur Show, damit sich die Passagiere wohl fühlen. Dann können sie starten.

Ich drücke und der Drachenflug beginnt. Erst fahren die aneinandergereihten Wagen eine riesige Rampe nach oben, von der aus sie sich dann in die Tiefe und die Kurven stürzen.

Mein Finger wandert langsam zu Knopf Nummer eins zurück.

Ersten Knopf drücken, um die Schleusen zu öffnen.

Die Drachenbahn brettert mittlerweile schon rasant über die Gleise und geradewegs auf den Looping zu.

Drück!

Ich höre nur kurz das Schreien.

Nach diesem Skandal wird der Fun-Adventure-Park vermutlich für immer seine Tore schließen müssen. Ich greife nach meinen Sachen. Meine Arbeit ist erledigt und das Stofftier gerächt.

Ruhe in Frieden, Quacki!

DANKE!

Wow, wenn du wirklich bis hierhin gelesen hast, so gilt der erste Dank bereits dir. Wahrscheinlich sollte ich auch an dieser Stelle aufhören, denn wenn ich weiterschreibe, vergesse ich garantiert irgendwen. Leider hat man mir aber gesagt, dass jedes seriöse Buch so eine Seite hat.

Also gut, also gut, hier sind sie also: Leute, ohne die CRIME TO GO niemals möglich gewesen wäre.

Absolut unverzichtbar warst natürlich du, Jakob. Es gibt keine Worte dafür, wie dankbar ich dir bin. Als mein Bruder Schrägstrich unbezahlter Lektor, bist du in jederlei Hinsicht einfach wirklich unbezahlbar und ich bin mega, mega stolz, dass ich deine Schwester sein darf.

Dann meine fantastischen Eltern Tanja und Edmund, weil sie mich durch alle schrägen Lebensphasen begleiten und immer für mich da sind. Ich kenne keine Familie, die so demokratisch eine Haustierentscheidung trifft oder so schlechte Urlaubsselfies knipst, aber ich bin froh, Teil dieser wundervollen Familie zu sein.

Unsere Katzen Cookie und Cream. Hm, eigentlich habt ihr mich kein bisschen unterstützt. Im Gegenteil, ihr habt meine Texte in Tee ertränkt, seid auf der Tastatur eingeschlafen und habt miaut, wenn ich denken musste, aber ich habe euch trotzdem lieb.

Danke an Oma Brigitte, die meine Liebe zu Gerichten aus der Heißluftfritteuse geweckt und immer an mich geglaubt hat. Ich weiß, du liest das irgendwo.

Eine große Umarmung geht auch raus an meine Freunde aus London, Sauna oder Gym, aus der Uni oder sonst wo. Ihr seid die tollste Crew der Welt und eine riesige Stütze in meinem turbulenten Leben.

Last but not least möchte ich unbedingt das Fenster erwähnen, durch das ich jetzt bereits schon stundenlang gestarrt habe. Ein toller Blickfang war der Balkon unserer Nachbarn, während ich über Messer, Pistolen und andere Grausamkeiten sinniert habe. Bitte nehmt das nicht persönlich.

ÜBER DIE AUTORIN

Das habe ich ja schon im Kindergarten gehasst. Vorstellungsrunden und Freundebücher. Wer bist du? Ja, gute Frage…

Ich wurde im Januar 2004 geboren und habe schon immer lieber Geschichten als Gedichtinterpretationen geschrieben. Meinen ersten Roman kritzelte ich mit sechs Jahren in einem ausgeblichenen Notizbuch nieder. Katastrophale Rechtschreibung, unausgereifter Plot. Dafür gewinne ich sicher keinen Pulitzer-Preis.

Heute hat sich mein Schreibstil aber (hoffentlich) deutlich gebessert und ich schreibe nun eher über Mord und Totschlag statt über Dinos und Hexen.

Vor Kurzem hat sich sogar mein Kindheitswunsch, ein eigenes Buch zu veröffentlichen, erfüllt, was echt niemanden mehr schockiert als mich selbst, das kannst du mir glauben.

Wenn ich nicht gerade esse, schreibe oder meine Zeit auf Social Media verschwende, trinke ich gerne viel zu viel schwarzen Kaffee oder bin im Gym an der Beinpresse zu finden.

Für die Zukunft plane ich, die literarische Weltherrschaft an mich zu reißen, doch bis es so weit ist, bleibe ich vorerst noch brav im Hörsaal sitzen und lerne etwas Anständiges. Gern geschehen, Mama!

Ich freue mich immer über Fanpost, Blumen und Liebesbriefe, teure Geldgeschenke oder einfach über eine nette Rezension im Online-Katalog.